지나간다
다 지나간다

지나간다
다 지나간다

유
지
나 지음

**이 책을 만만치 않은 세상살이 살아가는
모든 분들에게 드립니다.**

살며 살아가며
우리는 많은 난관과 역경에 부딪히며
살아갑니다.

그럴 때 마다
길을 잃고 헤매게 되고
어둠에 갇혀 방황하게 됩니다.

삶은 그런 과정들을 통해
조금씩 성장해 가고 발전하게 되지만
그 현실에서는 암담하기만 하지요.

그럴 때
잠시 의자에 앉아 마음을 추스르며
쉬어 갈 수 있는 내용과
가끔씩
나를 돌아볼 시간을 갖게 할 글들입니다.

위로의 글과
응원의 글과
따뜻한 글과
지침서가 되어 주는 글과
용기를 주는 글들로 엮어졌습니다.

부족한 글이지만
많은 분들의 마음을 치유해 주고
삶의 희망이 되어 주고
위로와 힐링이 되어주길 소망합니다.

누군가의 가슴속에
빛이 되어주고 향기로 남게 되길 기도합니다.

SNS를 통해 제 글을 사랑해 주신
모든 분들께 진심으로 감사드립니다.

모두 행복하세요.

유지나

| Chapter 2 | 기도는 하늘에 띄워 보내는 편지입니다

| Chapter 3 | 행복은 가불해서 써도 되는 거야

| Chapter 4 | 털어봐 아프지 않는 사람 있나

| Chapter 5 | 먼저 해 준다고 하늘이 무너지지 않습니다

| Chapter 6 | 마음에도 정리가 필요합니다

Chapter 1

힘내라
내 인생아!

힘내라 내 인생아

가다 보면 길이 나오고
걷다 보면 끝은 나온단다

흔들리지 마라
내 마음아!

하다 보면 잘 할 수 있게 되고
살다 보면 좋은 날도 온단다

지치지마라
내 삶아!

참다 보면 이겨내게 되고
견디다 보면 다 지나간단다

힘들어 마라
내 인생아!

지금 조금 어려워도
웃는 날도 오리니

힘내라
내 인생아!

인생은 그런 거야

인생이란 그런 거야

오늘 잘 나간다고
내일도 잘 나간다는
보장은 없고

오늘 못 나간다고
내일도
못 나가라는 법은 없는 거지

오늘 주머니가 넉넉하다고 해서
어깨에 힘줄 필요 없고

오늘 주머니가 텅 비었다고 해서
기죽고 살 필요는 없는 거야

인생은
끝까지 살아봐야 알 수 있는 거거든

인생책

이미 쓰인 소설책은
내가 바꿔 쓸 수가 없습니다

하지만
당신의 인생책은
언제든 지우고 다시 쓸 수 있습니다

지금에 삶이 마음에 들지 않는다면
다시 써내려 가세요

가장 좋은 것들을 쓰고
정말 멋진 내용을 담고
최고로 행복한 얘기들로 채워 가세요

지금 다시 써도 늦지 않아요
최고의 엔딩을 쓰면 되니까요

지나간다
다 지나간다

열쇠

인생은
닫힌 문을 하나씩 하나씩 열어가기 위해

문에 딱 맞는 열쇠를 찾아 헤매는
보물찾기입니다

열쇠를 찾아 그 문을 통과하면
또 다른 문이 기다리고 있습니다

닫힌 문에 맞는 열쇠를 찾아
헤매다 보면 어려움도 있지만
문을 열고 나면 즐거움도 있습니다

마지막 문의 열쇠는
하늘을 향한 문을 통과하게 됩니다

급할 것 없습니다
천천히 열어가세요

조금

조금 손해 본 듯 살아야
관계가 좋아지고

조금 져주는 듯 살아야
마음이 편해집니다

조금 모자란 듯 살아야
삶이 활기차지고

조금 부족한 듯 살아야
인생이 깊어집니다

가득찬 독의 물은 썩기 마련입니다

조금 부족하고 모자란 듯 살아야
좋은 것들이 채워져 인생이 풍성해집니다

지나간다
다 지나간다

십
년
후

사람들은 말합니다

십 년만 젊었으면
못할 일이 없을 거라고

십 년만 어리다면
인생을 다시 살아보고 싶다고

십 년 전으로 되돌아 갈 수 있다면
지금처럼 살지 않을 거라고

지금도 늦지 않았습니다

지나간 십 년 전은 돌아갈 수 없는 길이니 접어두고
앞으로의 십 년 후를 설계하세요

후회가 되지 않게
미련이 남지 않게
지금 열심히 최선을 다해
성실하게 살아가고 멋지게 살아가세요

십 년 후 내 모습에
잘 살았노라 미소 지을 수 있도록…

다른 삶

비슷한 삶은 있어도
똑같은 삶은 없는 거야

쉬워 보이는 인생은 있지만
쉬운 인생은 없는 거지

걸어가는 길이 같더라도
그 길이 서로에게 다른 길이지

똑 같은 삶을 살더라도
서로의 생각이 다르고
자극 받은 삶의 강도가 다르지

다른 사람의 삶과 인생을
이해한다는 건 쉬운 일이 아닌 거야

그들만의 이유와 사정이 있으니
함부로 간섭하거나 충고하지 말아야 하지

넌 할 수 있어

인생에
늦은 시간은 없는 거야

시작도 하지 않고
망설이기만 하다가
놓쳐버린 일들이 너무도 많지

늦었다는 핑계로
아무것도 하지 못 하는
바보는 되지 말아야 돼

망설일 시간에
용기를 한번 내봐
일단 시작해 보는 거야

지금도 늦지 않았고
시간은 충분하니까

너라면
잘 할 수 있을 테니까

방향

인생의
방향을 잃어버리면
삶이 흔들리게 됩니다

태풍이 부는데
흔들릴 수밖에 없지요

흔들릴 만큼 흔들리되
뿌리까지 흔들리지는 마세요

살다가
길을 잃어버릴 때
삶이 깜깜하게 됩니다

어두워서 아무것도 안 보이게 되지요

어둠을 맘껏 헤매되
희망까지 놓지는 마세요

아픔의 시간을 이기고 나면
더 좋은 길을 발견하게 되고

고뇌의 시간을 견디고 나면
더 멋진 삶을 찾아낼 수 있을 거예요

인생이란 긴 강을 건너 가려면
빛이 필요합니다

밤이 되면 별빛을 보고 길을 찾아내고
낮이 되면 태양빛의 동선을 따라
방향을 잡아가야 합니다

나침반이 없다고해서 길을 갈수 없는 건 아닙니다

나침반이 없어도 방법을 찾아내면
얼마든지 길을 찾을 수 있게 됩니다

/ 인생은 1 /

불꽃처럼
뜨거워지는 날이 있다

얼음처럼
꽁꽁 얼어 추운날도 있다

봄처럼
포근하고 따뜻할 때도 있다

바람처럼
이리저리 흔들릴 때도 있다

한 여름의
소낙비처럼 시원한 날도 있다

이런 날 저런 날이 있다

살아가다 보면
들꽃처럼
화사하게 피어나
행복한 날도 있다

/ 인생은 2 /

인생은 즐기는 자의 몫입니다

즐거운 일은 널려 있지만
그것을 찾아 누리는 사람과

찾지 못하고 인생을 낭비하며
살아가는 사람이 있습니다

형편이 좋아지면 즐겁게 살 거야
환경이 여유로워지면 즐기며 살 거야

돈이 많아지고 지위가 높아지면
즐겁게 살겠다라고 말하는 사람은

그 모든 조건들이 충족이 된다 해도
즐거운 인생을 살지 못합니다

시간은 기다려 주지 않습니다
하루하루를 즐겁게 살아가고
순간순간을 즐겁게 살아가면
후회 없는 인생이 되어 줍니다

신이 이 세상에 사람을 내 보낼 땐
즐겁게 살고 행복하게
잘 살고 오라고 보내 준 것입니다

/ 인생은 3 /

인생은 누구나 처음 사는 거라서
예습도 없고 복습도 없는 거라서

다들 서툴고 실수 하며
살아가는 거야

살다가 실패의 쓴 맛도 보고
기쁨의 단맛도 보는 거야

울었다가
웃었다가 다들 그렇게 사는 거야

너무 슬퍼하지도
너무 아파하지도 말아야 하지

너무 욕심내지도
너무 힘들어 하지도 말아야 하지

가까이에서 보면
다들 똑같은 삶이지
많이 웃고 많이 행복해하며
살아가야하지

/ 인생은 4 /

욕심을 채우는 게 아니라
비우는 거라고

걱정을 하는 게 아니라
놓아주는 거라고

불평을 하는 게 아니라
감사를 하는 거라고

힘들어 하는 게 아니라
즐겁게 사는 거라고

울고 사는 게 아니라
웃고 사는 거라고

아이처럼
항상 행복하게 살아야 한다고

너에게 말해주고 싶어

세월이

꽃잎이
떨어지면
봄이 가는가 했더니
시간이 흘러가고 있더라

낙엽이
떨어지면
가을이 가는가 했더니
세월이 가고 있더라

눈이 오면
겨울이 오는 줄 알았는데
내 인생도 같이 흘러가고 있더라

한
박
자

힘들 땐
한 박자 쉬어가도 괜찮아

아등바등 사는 게
꼭 정답은 아니더군

빈틈없이 산다는 게
꼭 잘 사는 방법은 아니더군

가끔 쉬어간다고
인생이 망가지는 것은 아니더군

힘들면 잠시 쉬어가
지치면 잠시 앉아가

더 높은 비상을 위해
몸을 잠시 충전하는 것도 괜찮아

무지개

당신의 인생에
먹구름이 끼는 것은
맑은 하늘을 보기 위함이고

당신의 삶에
눈물이라는 비가 내리는 것은
멋진 무지개를 보게 하기 위함입니다

오늘 걷는 인생길이
조금 힘들고 지치더라도

용기와 희망을 잃지 않고
꿋꿋하게 견뎌내다 보면

구름은 걷히게 되고
맑아진 인생과
멋진 무지개를 만나게 됩니다

／
인생을
살다
보면
／

손해 보는 날도 있고
득을 보는 날도 있습니다

나쁜 날도 있고
좋은 날도 있습니다

잘 안 되는 날이 있으면
잘 되는 날도 있습니다

그러니 조금 안 좋은 일이 있더라도
마음이 위축되거나 불안해 하지 마세요

세상의 근심 걱정 다 짊어진 것처럼
한숨짓지 마세요

모든 일은 때가 있는 법이니
느긋한 마음으로 편안하게 살아가세요

내일은 분명 좋은 일이
당신을 기다리고 있을 테니 힘내세요

내려나 보니

내려나 보니 알겠더라
들고 있는 게 얼마나 무거웠는지

비워내 보니 알겠더라
이고 있는 게 얼마나 힘들었는지

버리고 보니 알겠더라
쥐고 있는 게 얼마나 버거웠는지

털어내 보니 알겠더라
안고 있는 게 얼마나 헛된 것들인지

가벼워져 보니 알겠더라
삶이 얼마나 풍요롭고 아름다운지

어찌 인생이

어찌 인생이 꽃피는 날만
있겠습니까

어찌 삶이 맑은 날만 있겠습니까

꽃도 피었다 지는 시기가 있듯
인생도 꽃 피우는 날 지는 날 있는 거지요

날씨도 흐린 날 맑은 날 있는 것처럼
삶도 맑았다 흐렸다 하는 거지요

좋은 날엔
행복에 젖어 웃어보고

힘든 날엔
고통에 잠겨 아파하면 되는 거죠

흐린 날엔
흠뻑 젖어 울어보고

맑은 날엔
젖은 마음 뽀송뽀송 말려가며
하루하루 살아가면 되는 거지요

/ 삶과 인생 1 /

욕심 없는 마음으로 살아가면
삶은 그리 무겁지 않습니다

가벼운 생각으로 살아가면
인생은 그리 어렵지 않습니다

감사하는 마음으로 살아가면
삶은 그리 힘들지 않습니다

즐거운 생각으로 살아가면
인생은 그리 나쁘지 않습니다

만족하는 마음으로 살아가면
삶은 그리 괴롭지 않습니다

순리대로 살아가면
인생은 그리 불편하지 않습니다

살아가는데 그리 많은 것이
필요하지는 않습니다

/ 삶과 인생 2 /

삶이 시련을 주는 것은
당신을 깨닫게 하기 위함입니다

인생이 뜻대로 되지 않는 것은
당신을 가르치기 위함입니다

삶이 고난을 주는 것은
당신을 단련하기 위함입니다

인생이 쉽지 않은 것은
당신을 겸손하게 하기 위함입니다

세월이 말없이 흐르는 것은
당신을 늘 새롭게 하기 위함입니다

삶이 아픔을 주고
인생이 힘들게 하는 것은
당신을 행복한 사람으로
만들기 위함입니다

인생은
매 순간이 선물입니다
나쁜 선물은 공부가 되고
좋은 선물은 감사가 됩니다

/ 인생 공부 1 /

안 되는 일이 많을수록
삶은 늘 겸손하라 말합니다

어려운 일을 당할수록
삶은 늘 낮아져라 말합니다

힘든 일을 겪어 낼 때마다
삶은 늘 비워내라 말합니다

거만해지면 넘어질까 봐
높이 오르면 떨어질까 봐
쉽게 이루면 무너질까 봐

삶은 채찍을 통해
인생을 배우게 합니다

/ 인생 공부 2 /

실패 했지만
배운 게 있다면 경험이 되고

패배 했지만
터득한 게 있다면 연습이 되고

잃었지만
깨우친 게 있다면 얻은 게 되고

실수 했지만
찾은 게 있다면 공부가 됩니다

인생은
하나씩 배워가며
성장하고 발전해 가게 됩니다

무얼 담느냐

마음속에 어떤 걸 담느냐는
매우 중요해요

마음에 별을 담으면
별처럼 빛나게 되고

마음에 꽃을 담으면
꽃처럼 향기로워지거든요

마음에 사랑을 담으면
모든 게 사랑스러워지고

마음에 행복을 담으면
항상 행복해질 수 있거든요

나를 만들고
인생을 만드는 건
내 마음의 선택에 있어요

한
사
람

나를
웃게 하는

한 사람만
곁에 있어도
삶은 즐거워진다

나를
믿어주는

한 사람만
곁에 있어도
인생은 따뜻해진다

나를
사랑하는

한 사람만
곁에 있어도
세상은 아름다워진다

한 사람은
인생의 전부가 되어 준다

내
안에서

삶에서
힘든 일과
자주 만난다면

자신의
생각과 마음을
한번 자세히 들여다보아야 해요

내 안에 어떤
안 좋은 문제들이 있기 때문이거든요

인생에서
나쁜 일과
자주 부딪힌다면

그 원인을 밖에서 찾으려 하지 말고

내 안에서 잘못 된 것들을 찾아내
하나씩 제거해야 해요

인생이 어렵고 힘든 이유는
다 자신의 무지함 때문이거든요

너무 아등바등 살지 말아요

너무 아등바등 살지 말아요
급하게 뛰어 가다 돌부리에 넘어집니다

앞만 보고 달려 가다가
꽃 같은 시절 시들어 할미꽃 되면
나만 서럽잖아요

너무나 많은 짐 등에 지고 가지 말아요
그 무게에 내 등 휘면 나만 슬프잖아요

너무 아등바등 살지 말아요.
그런다고 부자 되는 것 아니잖아요

소중한 삶을 누리며 살아요. 우리

주인공

내 인생의
주인공은 바로 나야

남들 눈에 조연으로
보일 지 몰라도

내 인생에선
내가 감독이고 주인공이지

내 인생의
관객들로 인해

아파하거나 내 인생을 송두리째
흔들릴 필요는 없어

내 인생의 대작은 내가 만드는 거야

내
인생아

울지마라 내 인생아
웃고 살아가기에도 짧은 인생이다

슬퍼마라 내 인생아
기쁘게 살아가기에도 부족한 시간이다

아파마라 내 인생아
즐겁게 살다 가기에도 아까운 인생이다

힘들어마라 내 인생아
행복하게 살다 가기에도 아쉬운 인생이다

즐겁게 살아가자 내 인생아
한번 왔다 가는 보석 같은 인생인데
너무 애쓰지 말고 살다 가자

사람들은 말합니다
"인생이 낙이 없어 살맛 안 난다"

"사는 게 재미가 없어 즐겁지 못 하다"

사실은 그것이 인생입니다

특별히 재밌는 일도 없고
그렇다고 신나는 일도 없는 것

특별함이 없는 삶 속에
자신만의 재미를 찾아 즐기고

자신만의 기쁨을 찾아
누려야 하는 것입니다

특별한 인생을 만들어 가야
특별한 인생이 되어 줍니다

자신의 인생은 자신이
만들어 가져야 하는 보물찾기 입니다

냉정함에서 따스함을 찾아내는
눈을 갖게 된다

성난 마음을 다스리고 온유함과
악수하는 방법을 터득한다

모서리를 부드럽게 깎아내
동그랗게 만들고

찡그린 얼굴은 부드러운
미소로 변모한다

항상 다정함을 잃지 않고
상냥한 사람이 되어 간다

폭풍의 시간을 건너 온 사람은

맑아진 하늘만큼 한 뼘 더 자라나
세상과 타협하는 지혜를 배우게 된다

마인드

당신의 마인드가
당신의 인생이 됩니다

부정적이냐
긍정적이냐

소극적이냐
적극적이냐

게으르냐
부지런하냐

불평하냐
감사하냐

포기형이냐
노력형이냐에 따라

당신의 좋은 인생과
나쁜 인생이 만들어집니다

면역력

아픈 일도
이겨내다 보면
물처럼 유연해집니다

어려운 시련도
견뎌 내다보면
나무처럼 튼튼해집니다

힘든 고난도
참아 내다보면
바위처럼 단단해집니다

무거운 삶도
버텨 내다보면
꽃처럼 활짝 피어납니다

고통의 시간도
지나고 보면
바람처럼 가벼워집니다

힘든 인생은
견디고 버티고 이겨내다 보면
튼튼한 면역력이 생겨납니다

괜찮은 척

사람들은
괜찮은 척 살아가는 거지
정말 괜찮은 사람은 없습니다

아프지 않은 척 살아내는 거지
아프지 않은 사람은 없습니다

좋아 보이는 사람도
가까이 다가가 보면 힘든 사람이 많고

행복해 보이는 사람도
알고 보면 불행을 겪는 사람도 많아요

그냥
힘들지 않은 척 좋은 척 살아가는 거예요

사람들은 겉으로는 잘 보이지 않지만
자신만의 삶의 무게를
이고지고 살아갑니다

남의 짐은 가벼워 보이고
내 짐은 무겁게 느끼며 살아갈 뿐입니다

관심 없다

다른 사람
눈치 보며 살지 말아요

다른 사람들은 남의 일에
그다지 관심 없거든요

다른 사람
의식하며 살지 말아요

다른 사람들은 남의 일에
별루 신경 쓰지 않거든요

다들
자기들 삶 살아가기에도 바쁘지요

다른 사람 눈치 보며 살지 말아요
나 좋아하는 일 나 행복한 삶 살면 돼요

남들이 나에 삶을 대신 살아주진 않잖아요
나만의 멋진 삶을 살아가면 되는 거예요

멋진 인생

인생의 정답은 내가 찾는 거야
다른 사람과 똑같이 살 필요는 없어
무엇을 하든 내가 즐거우면 돼

조금 늦게 가도 괜찮아
뛰어가다 넘어지는 것보다
천천히 똑바로 걸어가는 게 중요해

실패를 두려워 할 필요는 없어
성공한 사람들도 모두 실패의 쓴맛을
삼키고 일어선 거야

인생은
실패를 경험하면서 답을 찾는 거지

나만의 멋진 인생을 말야

만들기

특별한 날을
기다리지 말고

특별한 날을
만들어 봐

즐거운 날을
기다리지 말고

즐거운 날로
만들어 봐

멋진 날을
기다리지 말고

멋진 날을
만들어 봐

행복한 날을
기다리지 말고

행복한 날로
만들어 봐

자신의 인생은
자신이 만들어 갖는 거야

/ 산다는 건 1 /

축복이고
행복한 일입니다

고통의 순간에도
슬픔의 순간에도

아픔의 순간에도
시련의 순간에도

감사와 행복은
늘 함께 있습니다

어떤 삶이든
어떤 환경이든

감사와 행복이 될 수 있음을
가슴 깊이 깨달았을 때

아픈 삶은 희망이 되고
힘든 삶은 행복으로
가득해집니다

/ 산다는 건 2 /

삶의 무게를
감당해낼 힘을 가져야 하는 것

안 되는 일이 있더라도
용기 잃지 않고
묵묵히 살아가야 하는 것

어려운 문제에 부딪혀도
꿋꿋이 버티는 법을 배워가야 하고

힘든 상황에 직면하더라도
쓰러지지 않는 끈기를 가져야 하는 것

삶이 너무 버거우면
마음을 내려놓을 줄 알아야 하고

가끔씩
버릴 것은 버릴 줄도 알아야 하고

생각이 가벼워져야
삶이 가볍다는 걸
알아가고 깨우쳐 가는 것

정직하게 사는 게 손해 보는 것 같지만
길게 보면 득이 되는 일입니다

신의를 지키며 사는 게 고집스레 보이지만
나중을 보면 참다운 삶입니다

베풀며 사는 게 미련하게 보이지만
그것이 나를 위한 일이 됩니다

선하게 사는 게 어리석게 보이지만
크게 보면 이로운 일이 됩니다

반듯하게 사는 게 고달파 보이지만
멀리 보면 현명한 삶입니다

진실하게 사는 게 부족해 보이지만
사실은 그게 가장 지혜로운 인생입니다

/ 인생길 1 /

길은 잘못 들면
다시 되돌아 갈 수 있지만

인생이란 길은
한번 걸어오고 나면
되돌아 갈 수 없다

좋은 길이든 나쁜 길이든

한번 지나 온 길은
되돌아 갈 수 없는 게
인생길이다

인생에
후진은 없다
복습과 예습도 없다

먼 미래에
후회로 남지 않게
오늘의 삶을
열심히 살아가야 한다

/ 인생길 2 /

인생은 여행이다
조금 긴 여정의 길을
걸어가야 한다

필요한 몇 가지만
챙겨 걸어가도 충분하다

메고 가는 게 많을수록
걸음은 더디고
다리는 아파온다

힘에 겨울 수록
버거워진 무게감에
허리가 휜다

쓰러지기 전에
불필요한 것들은 버리고 가자

삶의 무게는
내 고통의 무게가 된다
지치지 않도록
가볍게 살아가자

되고

부족한 하루는
만족하면 되고

넘치는 하루는
감사하면 됩니다

서운한 하루는
보내면 되고

즐거운 하루는
웃으면 됩니다

화나는 하루는
잊으면 되고

속상한 하루는
지우면 됩니다

나쁜 하루는
비우면 되고

좋은 하루는
행복해하면 됩니다

그렇게 하루씩 살다보면
인생이 흘러가게 됩니다

잃어버릴 때

살다보면 무언가를 잃어버릴 때가 있습니다

늘 곁에 있던 거라
처음엔 허전하고 아깝고 그럴 거예요

잃어버린 게 물건이라면
며칠 동안은 생각이 많이 날 것이고

잃어버린 게 사람이라면
오랫동안 마음이 아플 거예요

하지만 이미 내 손을 떠나가 버린 것들이니

미련 갖거나 아까워하거나
집착하며 괴로워하지 말아요

물건은 필요한 사람에게 갔을 것이고
사람은 좋은 사람 찾아 갔을 거예요

어차피 처음부터 없었던 거고
원래부터 내 것도 아니었잖아요

잠시 가지고 있다가 보내 준거라 생각하면
집착에서 벗어날 수 있게 됩니다

인생은 얻는 것이 있으면 잃은 것도 있습니다

인생길 걸을 때

비 오는 날이 오거든
맑은 날 잘 말리면 돼요

나쁜 일이 있거든
웃고 잘 넘기면 돼요

넘어질 때가 오거든
다시 일어나 걸어가면 돼요

이별이 찾아오거든
가슴 좀 아파하면 돼요

슬픈 일이 생기거든
눈물 좀 흘리면 돼요

힘든 날이 있거든
잘 견디고 버티면 돼요

실수 할 때가 오거든
하나씩 배워 가면 돼요

아무 걱정말아요!
그렇게 살아가면 돼요

선장

내 인생의
선장은 나니까

거친 폭풍우도 이겨내야 하고
거센 파도에도 견뎌내야 하는 거니까

가끔 흔들리는 날이 와도
마음의 방향만은 잃지 말고 살아가자

누가 뭐라고 해도
나만의 멋진 항해를 하면 되는 거니까

삶의 무게 따윈 두려워말고
삶이 주는 시련 따위에 쓰러지지 말고

최선을 다해
꿋꿋하게 살아가자

비우는 삶

더 이상 잃을 게 없을 때

오히려
마음이 편안해지고
삶은 겸손해집니다

더 이상 가진 것이 없을 때

오히려
마음이 홀가분해지고
인생은 용감해집니다

욕심을 버리고
마음을 비우고 사세요

삶이 더욱
여유롭고 풍성해집니다

인생에
역풍을 만나면

바람이 불어주는 방향으로 걸어가면
순풍이 되어 줄 거예요

인생에
파도를 만나면

윈드서핑을 탈 때다 하고
신나게 파도를 타고 놀면
즐겁게 보낼 수 있을 거예요

살아가다
고난이 찾아오면
겁을 먹거나 두려워하지 말아요

사실 그 일들 안엔
더 좋은 기회들이 숨겨져 있습니다

그런데 좌절하고 절망하느라
그 보물들을 찾지 못하지요

이제 고난에 담대해 지세요
마음을 좁힐 때가 아니라
마음을 넓혀 주어야 할 때입니다

내가 뿌린 씨앗

선한 씨앗은
선한 열매를 달아주고

악한 씨앗은
악한 열매를 달아준다

선한 행실은
아무리 작은 것이라도
헛됨이 없고

악한 행실은
아무리 작은 것이라도
독이 된다

덕 중에 가장 큰 덕이
사람에게 베푸는 덕이요

베푼 만큼 거두진 못 해도
적어도 적을 만들진 않게 된다

사람과의 인연이 끝났다고
영원히 끝나는 것은 아니요

살다보면 어떤 모습으로 든
다시 만나게 되는 법이니

선을 베푼 사람은 선함으로
악을 베푼 사람은 악함으로
자신에게 돌아오게 된다

우주의 힘

삶은 복잡하게 살면
어려워집니다

단순한 삶이
훨씬 더 많은 것들을
가져다 줍니다

내가 좋아하는 일을 하고
내가 잘 할 수 있는 일을 하면 즐거워집니다

내가 하고 싶은 일을 하고
가슴 뛰게 하는 일을 하면 행복해집니다

그런 일들을 할 때 우주의 힘이
나를 도와주게 됩니다

인생 어렵게 살지 말아요

/ 인생 1 /

인생
너무
진지하게 살 것은 없어요

그러면
재미없게 되거든요

그렇다고
너무 흐트러져서
살지는 말아요

그러면
인생 망가지거든요

즐겁게 살되
중심은 잃지 말아야
하지요

/ 인생 2 /

인생을
즐기며 살든
우울하게 살든
자신의 선택입니다

웃으며 살든
울면서 살든
자신의 마음입니다

행복한 인생을 살아가든
불행한 인생을 살아가든
자신의 몫입니다

당신이 어떤 삶을 살든
타인은 당신의 삶에
관심이 없습니다

인생에 정해진 답은 없지만
모든 것은 자신의 선택이고

문제와 해답은
나 자신에게 달려있습니다

Chapter 2

기도는
하늘에 띄워 보내는
편지입니다

기도

기도는
하늘에 띄워 보내는 편지입니다

대답이 없다고
답장이 늦다고
조바심 내거나
기도를 멈추지 마세요

당신의 기도가
높은 하늘까지 닿으려면

시간이 조금 필요하고
당신의 기도가 응답 받기까지

하늘에서 땅까지
내려오는 시간이 조금 걸리지만

믿음을 잃지 않고
간절함을 담아 기도하고

차분하게 기다린다면
언젠가는 만나게 됩니다

달팽이

빨리 가고 싶지만 빨리 걸어
가지 못하는 느림보 입니다

걸음이 느려서 뛰어 갈 수는 없지만
마음만은 빛의 속도로 가고 있습니다

걸어 온 과거는 돌아보지 않으렵니다
느리지만 뒤로는 가지 않겠습니다

앞만 보고 걸으렵니다
위만 보고 걸으렵니다

익숙한 무게의 삶
때론 무겁지만 가벼운 발걸음으로
느릿느릿 쉬엄쉬엄 걸으렵니다

걷다가 지치면 하늘 한번 쳐다보고
걷다가 울고 싶으면 비 오는 날 실컷 울고

그렇게 한 발 한 발 걷다 보면
하늘 빛 닮은 고운 시절과
만날 수 있겠지요

거북이

거북이는
아무리 노력해도
빨리 걸어갈 수는 없다

그러나
포기하지 않고
걸어간다면

조금 늦어도
목적지에 도착할 수 있다

인생길은
빠름이 아닌
끈기가 만들어 간다

느림이 아닌
열정이 만들어 간다

포기가 아닌
희망이 이루어 낸다

씨앗은 알고 있다

씨앗은 알고 있다

땅속 깊은 곳에서
잠을 자야하는 이유를

봄이 찾아와 따스한 햇살이 손잡아 꺼내주면
땅 위로 올라올 수 있다는 것을
그때까지 묵묵히 견뎌내야 한다는 것을

씨앗은 알고 있다

겨울은 고요히 봄날을 기다리고 있어야 하는
침묵의 순간이라는 것을
그래야 어여쁜 꽃을 피워 낼 수 있다는 것을

그때까지
용기를 잃지 않고 참아내고 인내해야 하는
고귀한 시간이 필요하다는 것을

때가 되면
나의 꽃은 꼭 핀다는 것을

꽃이 진다고

꽃이 진다고
울지 마라

꽃 진 자리에
열매 달아주더라

꽃이 진다고
아주 가는 것은 아니더라

아파하지 마라
힘든 만큼
단단해지더라

슬퍼하지 마라
아픈 만큼
성숙해지더라

힘들어 하지 마라
견디는 만큼
열매는 더 달더라

진흙탕 속에 신께서 그대를
던져 놓으신 건

그곳에서 한 떨기 연꽃을 피워내라는
소명입니다

씨앗은 그대이고
진흙속엔 충분한 물이 있고

태양의 온기와 신선한 바람은
신께서 그대에게 무료로 주십니다

충분히 꽃을 피워 낼 수 있는
조건입니다

'고난' 이라 생각하면 뿌리를
뻗지 못 하지만

'꽃을 피워 낼 수 있는 기회다'
라고 생각하면
예쁜 꽃을 곧 피워낼 수 있게 됩니다

인생 즐겁게 사는 거야

꽃이 시들었다고
슬퍼할 필요는 없는 거야

꽃이 지고나면
고운 열매가 달릴 테니까

삶이 조금 힘겹다고
움츠러들 필요는 없는 거야

그 과정을 지나고 나면
멋진 인생이 기다리고 있을 테니까

그러니 인생 즐겁게 사는 거야
희망은 시들지 않을 테니까

예쁜 말

사람은 얼굴보다 말이 더 예뻐야 한다

힘들어 하는 사람에게 '용기를 주는 말'

실의에 빠진 사람에게 '희망을 주는 말'

슬퍼하는 사람에게 '기쁨을 주는 말'

고마운 사람에게 '감사를 전하는 말'

아파하는 사람에게 '위로가 되는 말'

사랑하는 사람에게 '감동이 되는 말'

우울한 사람에게 '즐거움이 되는 말'

따뜻함이 담긴 말 정이 담긴 고운 말
행복을 느낄 수 있는 말들은

마음을 따뜻하게 데워 주고
살아가는 힘이 되어 주며

입가에 행복한 미소를 짓게 한다
예쁜 말은 언제 들어도 향기롭다

희망이란

현재에는 없지만

빚고 다지고 만들면
미래에는 내게 있게 되는 것

현재에는 쓸모없는
막연한 흙이지만

흙을 빚어
뜨거운 불에 넣고 구워내면

내가 쓸 그릇이 되고
미래의 삶이 만들어지는 것

희망은 품고만 있으면 힘이 없다
내가 빚고 만들고 구워내야 내 것이 되는 것

빼기 더하기

오해를 빼고
이해를 더하면
불신이 생기지 않습니다

내 생각을 빼고
상대방 생각을 더하면 이해가 됩니다

욕심을 빼고 감사를 더 하면
삶은 풍성해지게 됩니다

부정적인 생각을 빼내고
긍정적인 생각을 더 하면

인생은
희망적으로 바뀌게 됩니다

삶에서 빼기와 더하기는 매우 중요합니다

부메랑

원하는 것이 있다면
늘 생각하고 상상하세요

바라는 일이 있다면
늘 말하고 행동하세요

이루어질 때 까지
말하고
상상하고
기도하세요

그러면
잠재의식 속에 각인이 되고
그 일을 끌어오게 됩니다

조금 늦더라도
부메랑이 되어
내게 꼭 되돌아 오게 됩니다

/ 희망 1 /

희망은 씨앗입니다
열심히 물을 주고

정성들여 키워내면
기쁨의 열매가
맺어줍니다

희망은 등불입니다
꺼지지 않게
불을 밝히고

간절하게 바라면
불빛 따라
나에게 찾아옵니다

희망은 믿음입니다
이루어 질 거라는
소망을 갖고

강한 긍정을 품으면
언젠가는
곁에 와 줍니다

/ 희망 2 /

별이 구름에 가려 있다고
반짝임이 사라지지는 않습니다

진주가 조개 무덤에 잠을 자고
있다고 모래가 되지는 않습니다

태양이 어둠속에 숨어 있다고
아침까지 잠들지는 않습니다

구름에 가려 있어도
별처럼 반짝이며 살고

진주처럼 자고 있어도
인내의 모래알을 세며 살고

태양처럼 어둠 속에서도
찬란한 아침을 기다리며
살아야 합니다

새
처
럼

인생에
조건을 달지 말고

삶에
이유를 달지 말고

살아가는데
불만을 달지 말고

새가 바람에
몸을 맡기듯

가벼운 마음으로
인생의 하늘을 날아봐

바람이 가장 멋진 곳으로
데려다 줄 테니까

축배의 잔

오늘
괜찮지 않다고
너무 걱정하지 말아요

내일은
다 괜찮아질 거니까요

오늘
힘든 현실을
기꺼이 즐겨 주세요

어차피
인생의 한 점일 뿐이고

먼 훗날
오늘을 회상하며
축배의 잔을 들고 있을테니까요

바람개비는
바람이 불어야 돌지요

무지개는
비가 와야 뜨지요

새싹은
봄이 돼야 돋아납니다

모든 것은
다 때가 있는 법입니다

너무 서두르거나
재촉하지 마세요

그러다가 일을 그르칠 수 있습니다

꽃이 그냥 피는 것 같지만
많은 날을 기다리고 견뎌낸 보상인 거지요

내 맡김

내 힘으로
어찌할 수 없는

힘든 일이나
괴로운 일들은

바람에게
맡겨 버리세요

민들레는
씨앗을 영글게는 할 수 있지만

씨앗을 좋은 땅에
심어주는 일은 바람이 하잖아요

당신을 힘들게 하는 일들도
바람이 모두 데려가 좋은 향기로 피어날 거예요

마음이 평안해지려면

아픈 일과
고통스러운 일은
바람에게 줘 버리기

슬픈 일과
힘든 일은
비에게 씻어 버리기

화나는 일과
속상한 일은
구름에 실어 보내기

근심과 걱정은
바다에 던져 버리기

마음대로 할 수 없는 일
내 뜻대로 안 되는 일은
하늘의 뜻에 맡겨 버리기

모든 일이 잘 될 거라는
믿음과 희망을 가져 보기

생각하렴

무언가를 잃어버렸을 때 생각하렴

원래부터
내 것은 아니었다는 걸

일이 잘 안 풀릴 땐 생각하렴

잘 되는 날도
분명히 온다는 걸

역경을 겪고 있을 때 생각하렴

나만 겪고 있는 고통이 아니라는 걸

삶이 힘들 땐 생각하렴

모든 것은 지나가게 된다는 걸

절망에 빠졌을 땐 기억 하렴

하늘은 네 편이라는 것을
웃는 날이 오고 있다는 것을

괜찮아

조금 느리게 걸어가도
괜찮아

조금 천천히 걸어가도
괜찮다

빠르게 걷는다고
다 좋은 건 아니야

빨리 간다고
다 잘하는 건 아니야

조금 느려도
조금 천천히 가도
똑바로만 가면 돼

희망의 씨앗 하나 품고
걸어가면 돼

용기 내기

삶이 어렵더라도
기죽고 살지는 말자

인생이 힘들더라도
나약해지지는 말자

주머니가 비어 있더라도
마음까지 가난해지진 말자

아무리 절망스럽고
힘든 시련의 삶이라 하더라도

용기와 희망과 자신감은 잃지 말자

살다 보면
어떻게든 살아지는 게 인생이다

견디고 이겨내다 보면
흔적도 없이 사라지는 게 시간이다

잠시 앞이 막막하더라도
삶에 비굴해지지 말고 시련에 무릎 꿇지 말자

사랑받는 사람은
예뻐서가 아니라 항상
밝게 웃는 사람이 사랑을 받습니다

사랑받는 사람은
잘나서가 아니라 항상
겸손한 사람이 사랑을 받습니다

사랑받는 사람은
똑똑해서가 아니라 항상
배려해 주는 사람이 사랑을 받습니다

사랑받는 사람은
그냥 사랑 받는 게 아니라

사랑받을 행동을 하니까
사랑을 받습니다

길이 멀거든

길이 멀거든
언제가나 한숨짓지 말고
가다보면 도착하겠지 생각하세요

일이 잘 안 풀리거든
어렵다 하며 기죽지 말고
잘 풀리는 날이 오겠지 생각하세요

괴로운 일이 있거든
지친다 하며 좌절하지 말고
좋은 일이 생길거야 생각하세요

힘든 일이 있거든
주저앉아 울지 말고
웃는 날이 올 거야 생각하세요

부정보다는
긍정적인 사고로 삶을 살아가면

같은 조건이지만
더 가볍고 희망적인 인생을 만들게 됩니다

봄

제 아무리 혹독한
겨울 추위라도

따뜻한 봄 햇살이 못 녹이는
겨울은 단 한 번도 없었습니다

살다보면
삶이 겨울처럼 춥고
시린 날 있을 거예요

인생이
얼음처럼 꽁꽁 얼어붙어
몹시 차가운 날 있을 거예요

그래도 가슴속에 희망이라는
따뜻한 햇살 한줌 안고 살아가요

언젠가는 언 땅이 녹을 테고
예쁜 씨앗이 돋아나게 될 거예요

다 지나갑니다

당신이 지금
걱정하는 것들

당신이 지금
힘들어하는 일들

때가 되면
다 흘러갑니다

당신이 지금
근심하는 것들

당신이 지금
아파하는 일들

언젠가는
다 사라집니다

당신이 지금
괴로워하는 것들

당신이 지금
한숨짓는 일들

하룻밤씩 자고나면
다 괜찮아 집니다

당신이 지금
겪고 있는 어려운 일들

당신이 지금
죽을 것 같은 고통들도

모두가 지나고 나면
별일 아닌 것들 입니다

흘러갈 것들에
너무 애쓰지 말아요

오늘이 마지막 날인 것처럼
즐겁게 웃고 감사하며 살아가세요

다시 못 볼 사람처럼
곁에 있는 사람을 아낌없이
사랑해 주세요

오늘 떠나가더라도
후회나 미련이 남지 않도록
행복하게 살아가세요

오늘은 다시 올 수 없는 소중한
선물같은 시간입니다

오늘 걸어가는 길이 미래의
고은 추억이 될 수 있도록
아름답게 걸어가세요

/ 다 잘 될 거예요 /

안 된다고
근심하지 마세요

어렵다고
고민하지 마세요

힘들다고
걱정하지 마세요

잃었다고
염려하지 마세요

없다고
기죽지 마세요

실패했다고
용기 잃지 마세요

다 잘 될 거예요

당신은
어차피 잘 될 수밖에 없거든요

꿈

목적이 있는 길은
아무리 멀어도 가게 됩니다

가는 길이 좀 험하고 가팔라도
희망을 품고 가는 발걸음은 가볍습니다

꿈을 가지세요
가끔 지치고 힘이 들 때도 있겠지만
흔들림 없이 앞만 보고 걸어가세요

목적이 있는 삶은
방향을 잃지 않게 하기에 좋은 것 같습니다

꿈이 있는 인생은
어려움을 이겨내게 하기에 좋은 것 같습니다

당신의 꿈을 응원합니다
때로 어렵고 힘이 들더라도
마음을 잘 추스르며 걸어가세요

꿈을 향해
한 발 한 발 걸어 가다 보면
기다리고 있는 꿈과 만날 수 있게 될 거예요

도전해 봐

어렵게 생각했던 일도
막상 해보면 쉬운 법이야

안될 것 같던 일도
하다 보면 잘 되는 법이야

못 할 것 같던 일도
부딪혀 보면 별거 아닌 법이야

잘 할 수 있다고 믿으면
안 되는 일도 없는 법이야

생각만 하지 말고
용기내 도전 해 봐!

다 이루어 낼 수 있을 테니까

끌어당김

잘 될 거라는 당신의 생각이
기회의 문을 열어주고

잘 할 수 있다는 당신의 믿음이
행운의 길을 안내합니다

꼭 이루어진다는 당신의 확신이
성공의 열쇠를 가져다주고

확고한 믿음과 신념이
초자연적인 힘을 불러 오게 됩니다

당신의 믿음이
당신의 의식이
당신의 확신이
기적의 힘을 이끌어 오게 됩니다

쉼표

일만 열심히 한다고
잘 사는 게 아냐

정신없이
바쁘게 살아가는 것이

잘 살고 있다는
착각들을 하게 되지

쉼이 없는 삶은
브레이크가 고장 난
차와 같은 거지

언제
어디에 부딪혀 다치게 될지
아무도 모르는 삶인 거지

쉼표가 없는 삶은
인생의 마침표를 찍게 될지도 모르지

말의 씨앗

아무리 상황이
악조건이라 해도
부정적인 생각이나 말은 말아야 해요

생각이 우주를 지배하고
말이 삶을 움직입니다

말이란
불평의 씨앗을 심고

부정의 말로 물을 주면
안 좋은 열매가 열릴 수밖에 없고

희망의 씨앗을 심고
긍정의 말로 물을 주면
좋은 열매가 달릴 수밖에 없습니다

/
꽃
길
/

그대가 걷는 모든 길이
꽃길이었음 좋겠습니다.

힘든 길은 피해가고
어려운 길은 넘어갔으면 좋겠습니다

험한 길은 사라지고
가시밭길은 돌아갔으면 좋겠습니다

나쁜 길은 없어지고
어두운 길은 무너졌으면 좋겠습니다

구름 위를 걸어가듯
사뿐사뿐 고운 걸음이었으면 좋겠습니다

하루하루 콧노래 부르며
즐겁고 행복하게 걸어가는
예쁜 꽃길이었음 좋겠습니다

풍랑

일이 잘 안 풀릴 때
몸이 아프게 될 때
예상치 못한 문제가 생길 때
우리 마음은 두려움을 느끼게 된다

사람들은 굴곡 없는 삶을 원하지만
인생은 어디에나 굴곡이 숨어있다

인생을 바다에 비유하기도 한다
바다에는 풍랑이 없을 수 없다

우리는 풍랑이 없게 해 달라고
기도하는 것도 좋지만

풍랑이 불어오더라도
요동하거나 당황하지 않고

풍랑을 잘 극복할 수 있는
강인한 마음을 달라고
기도해야 한다

신
의
　선
물

신은 당신에게
감당할 수 있을 만큼의
시련과 고난을 주십니다

이 세상에
의지와 용기로
극복할 수 없는 고난과 시련은 없습니다

다 지나고 나면
별것 아니라는 생각이 들고

그땐 왜 그리 힘들어 했을까 하는
웃음을 짓게 합니다

오늘 힘들게 한 삶은
더 나은 내일을 위한 밑거름이 됩니다

고난과 시련의 끝엔
신의 선물이 기다리고 있으니

희망과 용기를 잃지 마세요

오늘 당신이

오늘 당신이 뿌린
친절의 꽃씨 하나는

누군가의 마음에 꽃으로 피어나
행복하게 해줄 것입니다

오늘 당신이 심은
배려의 나무 한그루는

누군가의 마음에 감사로 자라나
행복하게 해줄 것입니다

오늘 당신이 베풀어 준
따뜻한 말 한마디가

누군가의 시린 가슴을 품어 주는
따뜻한 햇살이 될 것입니다

오늘 당신이 부어 준
사랑의 물 한방울은

누군가의 목마른 마음을 적셔 주는
기쁨의 생명수가 될 것입니다

좋은 날

슬픈 땐 그래요
계속 슬플 것만 같고

힘들 땐 그래요
끝도 없이 힘들 것만 같고

괴로울 땐 그래요
즐거운 일이 안 올 것만 같고

일이 잘 안 풀릴 땐 그래요
잘 되는 날이 오지 않을 것만 같고…

그러나! 기다려 보세요
안 올 것 같죠? 좋은 날 꼭 옵니다

의식 전환

* 될까 하지 말고 '된다' 로

* 할 수 있을까 말고 '할 수 있다' 로

* 안 된다 말고 '하면 된다' 로

* 불가능하다 말고 '가능하다' 로

* 답이 없다 말고 '찾으면 있다' 로

의심은 버리고
굳은 심지와 용기를 가져보세요

어떤 일에든
긍정적인 마인드로 도전해보세요

자신의 의식이
운명을 만듭니다

기적

이 세상엔
설명으로 불가능한
많은 기적들이 있습니다

그 기적들은
아무런 의심 없이
오로지 믿기 때문에 일어나게 됩니다

내 생각이 믿고
내 머리가 믿고
내 가슴이 믿고
내 마음이 믿고

내 영혼을 반짝이며 또 믿으면

기적 같은
일이 내게 펼쳐질 것입니다

빛

내 안에 빛이 있으면
애써 밝히려 하지 않아도
스스로 환하게 빛나게 됩니다

내 안에 빛이 없으면
아무리 밝히려 애를 써도
캄캄한 어둠만 보여집니다

가장 중요한 것은
자신 안에

빛을 꺼뜨리지 않아야
세상이 밝아지게 됩니다

/ 사람은 1 /

보고 싶은 것에
시선이 끌리게 되고

듣고 싶어 하는
소리에 반응하게 되고

하고 싶은 것들에
집중하게 된다

은연중에 하는
모든 것들이
우주를 움직이는
힘이 된다

내가 보는 것은
나의 길이 되고
내가 듣는 것은
나의 빛이 된다

내가 하는 말은
운명이 되고
내가 하는 행동은
인생이 된다

/ 사람은 2 /

나쁜 일을 통해 배우는 사람은
현명한 사람입니다

힘든 일을 통해 깨닫는 사람은
지혜로운 사람입니다

어려운 일을 통해 성장하는 사람은
똑똑한 사람입니다

삶은 매 순간 무언가를
일깨워 주고 있지만

아둔한 사람은
그 일에 분노하고 불평하느라
그 깊은 뜻을 알지 못합니다

고난극복

살다보면 고난의 매는
다 맞게 됩니다

순서가 언제가 되느냐가 문제지요

조금 빨리 맞았다고
억울해 하거나 힘들어 마세요
나만 맞았다고 슬퍼하지도 마세요

맞지 않고 대기 중인 사람이
더 무서운 법입니다

맞은 사람은 상처가 아물기만 하면
되는 거니까 힘을 내세요

그리고
울지 말고 웃고 사세요
이제 좋은 일들이 올 차례니까요

희망 씨앗

풀은 향기가 나지 않지만
싱그러운 풀내음이 납니다

있는 듯 없는 듯 벌레들의 집이 되어 주고
먹잇감이 되어 줍니다

이 세상에 쓸모없이
태어난 것은 하나도 없습니다

우리는 모두 사랑을 품고 있고
희망의 씨앗들을 담고 있습니다

어디를 가든
사랑을 베풀면 배가 되고

희망의 씨를 뿌리면
새싹이 돋아나 꽃이 피게 됩니다

인생 방향

인생의 위기는
인생의 방향을 바로잡기 위한
나침반이 됩니다

위기를 통해
삶을 깊이 있게 되돌아보고

잘못된 인생의 궤도는
바로잡아
다시 수정하고

행복이라는 인생의 별에
착륙할 수 있을 때까지

희망의 비행을
멈추지 말아야 합니다

마음 고치기

행복은
감사하는 사람에게
더 많이 찾아갑니다

불행은
불평하는 사람에게
더 자주 찾아갑니다

감사하는 것도
불평하는 것도 습관입니다

감사할 게 없는 삶이란 없습니다
행복하지 못할 인생이란 없습니다

조건이 될 때 행복하려 하면
평생이 가도 행복해질수 없습니다

오늘 행복을 미루면
내일 그 행복이 기다려주지 않습니다

오늘도 행복하고
내일도 행복하고
계속 행복하세요

행복해 지는 것
마음만 좀 고치면 어렵지 않아요

세상일이 말야

세상일이 말야
내 뜻대로 되지 않는 게 많잖아

그래서
속상 할 때도 있고
화가 날 때도 있고
울고 싶을 때도 있고
주저앉고 싶을 때도 많지

그런데 말야
세상일은 원래부터
마음대로 할수 있는 게 많지 않아

그걸 인정하면 삶이 가벼워지게 되지

내 욕심과 바램을 조금 내려놓고 살면
삶의 집착에서 벗어날 수 있게 되지

힘든 일이 많아도 용기 잃지 말고 웃고 살아 가
그래야 좋은 일들이 찾아 올 테니까

않기

삶에
지치지 않기

힘들어도
포기하지 않기

혼자라고
슬퍼하지 않기

안 된다고
짜증내지 않기

어렵다고
좌절하지 않기

햇살 좋은 날 웃을 수 있는
행복한 날을 생각하기

오늘과 다른 내일을 꿈꾸며
희망을 품고 살아가기

마음의 정원

매일 가꾸는 정원은
풀이 자라나
꽃을 덮지 못합니다

하지만 가꾸지 않는 정원은
풀밭인지 꽃밭인지 분간하기 어렵게 됩니다

사람도 매일 가꿔야 됩니다

마음을 들여다보고 가꾸고
생각을 살펴보고 가꾸고

나쁜 것은 없는 지 살피고
고쳐야 할 것은 없는 지 살피고

넘치는 건 버리고
부족한 건 채워 넣어야 합니다

가꾸는 정원이 아름답듯
가꾸는 사람이 아름답습니다

/ 살다보면 1 /

살다보면
힘든 일
가슴 아픈 일
걱정 없는 날 어디 있던가!

한 고비 넘기면
또 다른 고비가 기다리고 있고

한 걱정 덜어 내면
또 다른 걱정꺼리
찾아들지 않던가!

마음의 뿌리를
깊은 곳에 감추고

흔들리지 않게 꽉 붙들며
살아가야 하지 않겠는가!

살다보면
그래도 웃는 날도
오지 않던가

/ 살다보면 2 /

비에 젖는 날도 있는 거지
맑은 날만 있겠는가

가끔은
힘든 날도 있는 거지
좋은 날만 있겠는가

때로는
눈물 나는 순간도 있는 거지
웃고만 살 수 있겠는가

삶이라는 게
외로울 때도 있고
막막할 때도 있는 거지
마음대로 할 수 있던가

힘들어도
혼자 걸어가야 하는 것이
인생 아니던가

꿋꿋하게 살아가시게

Chapter 3

행복은
가불해서 써도
되는 거야

오늘을 견뎌내는 것
그만큼 단단해지는 거야

오늘을 이겨내는 것
그만큼 튼튼해지는 거야

오늘을 버텨 내는 것
그만큼 성장해지는 거야

오늘을 참아내고 내일을 이겨 내면
인생은 달콤한 열매를 맺는 거야

오늘 힘들더라도
웃으며 행복하게 살아가야 하는 거야
행복은 가불해서 써도 되는 거야

낮은 행복

가진 게 없다고
기죽지는 말고

낮은 곳에 있다고
마음까지 춥지는 말자

가진 게 많아도
만족을 모르면
마음은 늘 가난한 법이고

지위가 높아도
행복을 모르면
삶은 늘 흔들리는 법이다

주머니가 비어 있다고
마음까지 가난해지는 말자

인생 낮은 곳에 있다고
비굴하게 고개 숙이지는 말자

봄비

봄비가 내리네요
예쁘게 내리는 봄비처럼

당신에게
기분 좋은 일이
쏟아져 내렸으면 좋겠습니다

소담스럽게 떨어지는
고운 빗방울처럼

당신에게
행복한 일들이
방울방울 내렸으면 좋겠습니다

행복이 말합니다

먼 곳에서 찾으면
찾을 수 없어요

조건을 달아 찾으면
보이지 않아요

이유를 갖다 붙이면
싫어해요

불평하며 달라하면
줄 수 없어요

욕심이 너무 많으면
도망가지요

감사하는 사람을 좋아 합니다
기뻐하는 사람에게 찾아 갑니다

만족하는 사람을 좋아 합니다
즐거워하는 사람에게 달려 갑니다

난 늘 당신 곁에 있어요

불행한 사람과
행복한 사람은 생각과 말과 행동이 다르다

불행한 사람은
늘 부정적인 말과 삐딱한 생각을 하고

행복한 사람은
늘 긍정적인 말과 좋은 생각을 한다

불행한 사람은
좋아하는 일과 하고 싶은 일만 하려하고
싫어하고 불편한 일을 하지 않는다

행복한 사람은
좋아하는 일은 즐기고

싫어하는 일은 견뎌내고
어려운 일은 잘 참아낸다

불행한 사람은 불평과 이유가 많고
행복한 사람은 감사와 만족이 많다

삶은 복잡하지만 단순하다

내가 베풀면 돌아 오고
내가 주지 않으면 받을 게 없어진다

씨앗도 내가 먼저 뿌려야
열매가 달려 거둘 게 많아진다

내가 웃으면 세상도 웃고
내가 슬프면 세상도 슬프다

내가 먼저 행복해야
삶이 행복으로 다가 온다

삶은 나에게서 나온다

하루를

아침을
희망으로 열어 가고

저녁을
감사함으로 닫으세요

당신의 하루가 좋아질 거예요

오늘을
웃으며 살아 가고

내일을
즐겁게 살아 가세요

당신의 삶이 행복해질 거예요

하루를 기쁘게 채워 가고
평생을 행복하게 살아 간다면

당신의 인생은 정말 멋질 거예요

자라나는

시련 없는 삶이 어디 있나요
나무도 뿌리를 내릴 때 아픔이 있지요

고난 없는 삶이 어디 있겠어요
꽃도 피고 질때 많이 아파야 하지요

아픔없이 성장하는 인생이 어디 있나요

풀 한 포기도 비와 바람 맞아가며
견뎌내고 살아가잖아요

인생이 맑은 날만 어디 있나요

흐리고 비 오는 날이 있으면
따사로운 햇살에
행복을 맛보는 날도 있는 거지요

그러면서 조금씩 발전하고
조금씩 자라나는 거지요

행복했으면

당신이 행복했으면
좋겠습니다

어디서 무엇을 하든
어떤 삶이든 매일 웃었으면 좋겠습니다

바쁘더라도
즐거움을 잃지 않고

힘들더라도
기쁨과 함께 했으면 좋겠습니다

삶에 지치더라도
희망을 잃지 말고

시련의 삶 속에서
소망을 놓지 않았으면 좋겠습니다

당신의 인생이
마냥 행복 했으면 좋겠습니다

기죽지 말아요

오늘은 비록 보잘 것 없지만
내일은 어떻게 될지 누가 알아요!

오늘은 내 주머니가 텅 비었지만
내일은 가득찰 지 누가 알겠어요

오늘은 내 삶이 초라하지만
내일이면 화려해질지 누가 알아요

오늘은 흔한 풀처럼 보이지만
내일이면 꽃을 피워 향기로워질지
아무도 모르잖아요

그러니 기죽지 말아요
당신의 인생은 꽃 피우고 있는 중이니까요

않으면

바라는 게 없으면
실망 할 일도 없습니다

기대하는 게 없으면
절망 할 일도 없습니다

집착하지 않으면
괴로울 이유가 없습니다

욕심을 내지 않으면
힘들 이유도 없습니다

비워 내고
내려 놓으면
삶이 가벼워 집니다

가벼울수록 행복은 커져 갑니다

진짜 행복

살아보니
평범한 일상이 가장 좋은거더라

특별한 일도 좋지만
아무 일도 일어나지 않는 삶이
더 기쁨이더라

대단한 일도 좋지만
하루만큼의 보람과

하루만큼의 즐거움만 있으면
그게 더 감사하더라

선물 같은 날도 좋지만
건강하게 웃으며 살아갈 수 있는 삶이
그게 진짜 행복이더라

행복은 꼭 특별한 것이
아니어도 되더라

당신의 행복

인생에서
가장 중요한 건
당신의 행복입니다

온갖
화려한 것으로
치장을 했다한들
행복하지 않다면
그건 불행한 삶이 됩니다

무슨 일을 하든
어떤 삶을 살든
자신이 행복해 질 수 있는 삶을 살아 가세요

어려운 삶이라 하여
행복이 없는 것은 아닙니다

행복은
내 손에
내 마음속에서 늘 꺼내 주길
기다리고 있습니다

불평과 감사

불평은
뿌리가 깊어질수록
불행의 물을 빨아 드리고

감사는
뿌리가 깊어질수록
행복의 물을 빨아 드립니다

불평은
가지가 무성 할수록
행복을 그늘지게 만들고

감사는
가지가 무성 할수록
불행을 그늘지게 만들어 줍니다

불평은
열매가 주렁주렁 매달릴수록
고통의 수확이 많아지고

감사는
열매가 주렁주렁 매달릴수록
행복의 수확이 많아집니다

버려야

꽃은 꽃을 버려야 씨를 맺고
나무는 잎을 버려야 새 잎이 돋습니다

하늘은 구름을 내려놓아야 맑아지고
구름은 무게를 내려놓아야 가벼워집니다

시냇물은 흘러가야 썩지 않고
바람은 지나가야 탈이 없습니다

삶도
욕심을 버려야 가벼워지고
무거운 것을 버려야 즐거워지고
생각을 비워야 맑아지고 행복해집니다

인생도

같은 악기라도
연주하는 사람에 따라

음색이 다르게 들리고
완전히 다른 음악이 됩니다

악기 탓이 아니라
연주자의 실력 탓에 달려 있는 것입니다

인생도
같은 상황
같은 환경 속에 살고 있어도

어떻게 살아가느냐에 따라
희비가 엇갈리고
불행과 행복이 만들어집니다

행복하자

오늘 한 끼 안 먹고 넘어가면
평생 그 밥은 못 먹는 거야

행복도 그런 거야
오늘 행복하지 않으면
내일 그 행복이 기다려 주지 않아

지금
행복을 아낀다고
먼 훗날 돌려받게 되는 게 아냐

그러니까
오늘 지금 당장
순간순간 행복하게 살아가야 하는 거야

행복에
조건을 달거나 이유를 찾지 마
그럴수록 행복은 더 멀리 도망가니까

찾아보면 누려야 할 행복은 참! 많아
행복은 감사하는 마음입니다

선택

감사할 게
너무 많은데
불평만 하는 사람이 있고

감사할 게 하나도 없는데
감사하며 사는 사람이 있다

감사는 조건이 아니라
마음의 선택인 것 같다

행복할 게
너무 많아도
불행을 선택하면
불행한 사람이 되고

불행할 게
너무 많아도
행복을 선택하면
행복한 사람이 된다

행복은 이유가 아니라
그 사람의 선택이다

행복을 찾을 수 없어도
찾으면 있게 됩니다

길

정해진 길은 없어

가다보면 길이 보이고
걷다보면 길이 될거야

처음 가는 길은 모두가 두렵지
하지만 익숙해지면 괜찮아지는 거야

가야 할 이유가 있는 길이라면
겁내지 말고 힘차게 내딛어 보렴

길이 조금 험하고 멀더라도 용기를
잃지 말고 한 발 한 발 걸어가 보렴

네가 가고 싶어 하는 그 길이
너에게 행복한 길이 되어 줄 거야

늙는다는 건 행복이야

늙어 간다는 건
선물 같은 일이지

나이를 먹어 간다는 건
참 고마운 일인 거지

살아 있으니 누릴 수 있는
축복받은 일인 거지

늙어 보지 못하고 먼저 떠나간
가슴 아픈 젊은 영혼들이 그 얼마나 많은가!

늙는다는 것은 나이를 먹어가는 것은
아름답고 행복한 일이지

많은 계절을 볼 수 있으니 고맙고
좋은 인연들과 함께 할 수 있으니 감사한 거지

나이를 먹는다는 건
행복을 더해 가고 추억을 더해 가는
즐겁고 감사한 일인 거지

몸은 늙어 가더라도 마음은 풍성해져야 하지

잘 익은 과일처럼 곱게 익어 가고
예쁜 꽃처럼 향기롭게 살아 가야 하지

웃고 살아요

힘들게 견딘 하루도
기쁘게 보낸 하루도
다 지나가요

어렵게 버틴 하루도
즐겁게 보낸 하루도
다 흘러가요

울며 보낸 하루도
웃으며 보낸 하루도
다 사라져요

모든 것은
바람처럼 저 멀리 날아가요

그대여
삶에 연연해 할 것 없어요
인생의 무게를 짊어질 필요 없어요

소중한 당신
항상 웃고 행복하게 살아 가세요

누군가의 응원

누군가가 날 사랑해 주고
응원해 준다는 것은

살아가는데
커다란 버팀목이 되어 줍니다

가끔 흔들리는 날에나
혼자 있는 듯한 우울한 날에

어두운 내 마음에 등불이 되어 줍니다

문득 울고 싶어지는 날에나
이유 없이 쓸쓸해지는 날에
살아가는 이유와 용기가 되어 줍니다

누군가 날 사랑해주고
응원해 준다는 것은
포근한 행복이 되어 줍니다

누군가를 위로해 주고
아낌없이 사랑해 주세요
당신도 같이 행복해질 거예요

행복찾기

자신이 가지고 있는
행복의 조건은 많습니다

그런데도 불구하고
사람들은
자신에게 없는 것들을 찾으려하고

더 많은 것들을 채우려하는 욕심 때문에
행복과의 거리는 멀어지게 됩니다

그로인해
불평과 불만이 쌓여
불행하다 생각하며 살아가게 됩니다

욕심은 빈 항아리와 같아
채워도 채워도 목이 마르고
늘 궁핍하게 만듭니다

지금 자신이 가지고 있는
행복을 찾아 누려 보세요

하늘 보기

사는 게 힘들더라도
가끔씩 하늘을 보고 웃어 보고

하루가 바쁘더라도
순간순간 기쁨을 찾아 누리고

삶이 어렵더라도
감사와 희망을 잃지 말고

현실이 고달프더라도
작고 소소한 행복을 느끼며 사세요

힘들수록 웃음을 잃지 말고
바쁠수록 기쁨을 미루지 말고
어려울수록 희망을 놓지 말고
고달플수록 행복을 저버리지 마세요

그
고운

그 고운 눈으로
예쁜 것만 보고

그 고운 입으로
좋은 말만 하고

그 고운 손으로
선한 일만 하고

그 고운 발로
아름다운 길만 걷고

그 고운 마음속에
행복한 일만 담으세요

하루만 남았다면

인생이 하루 밖에 남아있지 않다면
무슨 일을 할 수 있을까요

아파서 누워있거나
늙어서 힘이 없거나
갑자기 죽음을 맞이해야 하는데 말이에요

하고 싶었던 일을
하고 싶어도 할 수 없는 상황이 되지요

그러니 하루를 살아갈 때
하고 싶은 일을 하며 살아가세요

즐겁게 생활하고
웃으며 행복하게 보내세요

오늘이
마지막인 것처럼 사랑하며 살아가세요

내가 조금 양보한 자리가
누군가에게 감사가 되고

내가 조금 배려한 자리가
누군가에게 편안함이 됩니다

내가 조금 낮춘 자리가
누군가에게 높임이 되고

내가 조금 이해한 자리가
누군가에게 따스함이 됩니다

내가 조금 베푼 자리가
누군가에게 기쁨이 되고

내가 조금 도와준 자리가
누군가에게 행복이 됩니다

행복해지려면

행복해지기 위해서는
해야 할 것들이 있습니다

화가 나더라도
그냥 웃어넘기고

짜증이 나더라도
이해하고 넘어가세요

안 좋은 일이 생겨나도
쉽게 받아 넘기고

내 뜻대로 되지 않더라도
너무 마음 쓰지 말아야 해요

욕심을 내려놓는 법을 배우고
마음을 비우는 연습을 해야 해요

감사를 찾아낼 수 있어야 하고
삶에 여유를 가질 수 있어야 합니다

우리는

빠르게 사는 법 보다
느리게 사는 법을 배워야 한다

욕심을 채우기 보다
욕심을 비워내는 지혜를 가져야 한다

물질이 풍요로운 것보다
마음이 풍요로운 삶을 터득해야 한다

그것이
나를 행복하게 해준다는 것을
깨달아야 한다

좋은

좋은 생각을 하고
좋은 말을 하고
좋은 행동을 하다보면

당신에게 분명히
좋은 일이 일어나게 됩니다

행복한 상상을 하고
행복한 말을 하고
행복한 행동을 하다보면

당신은 분명히
행복한 삶을 살게 될 것입니다

서운한 감정은
그때그때 잊어버리는 게 좋고

고마운 일은
가슴깊이 새겨 두는 게 좋은 거야

나쁜 생각은
순간순간 지워 버리는 게 좋고

화나는 감정은
빨리빨리 털어 버리는 게 좋은 거야

즐거운 일은
오래오래 마음속에 담아 두고

안 좋은 일은
바로바로 흘려 보내는 게 좋은 거야

행복한 일은
잔잔한 기억속에 남겨두고

아픈 일은
얼른얼른 묻어 버리는 게 좋은 거야

행복해지려면
버려야 할 것과 담아야 할 것을
잘 분별할 수 있어야 하는 거지

잠시

지나고 나면
모든 것은 별게 아니야

잠시 아플 뿐이고
잠시 슬플 뿐이야

잠시 힘들 뿐이고
잠시 고통스러울 뿐인 거야

잠시만 잘 견디고 이겨내면
어느 날 흔적도 없이 사라지게 되는 거야

너무 아파하거나
너무 힘들어 하지 마

조금만 꿋꿋하게 버티면
웃게 되는 날 오는 거니까

조금만 잘 참아 내면
행복한 날 오게 되는 거니까

가끔 하늘 보기

사는 게 힘들더라도
가끔씩 하늘을 보고 웃어보고

하루가 바쁘더라도
순간순간 기쁨을 찾아 누리세요

삶이 어렵더라도
감사와 희망을 잃지말고

현실이 고달프더라도
작고 소소한 행복을 느끼며 사세요

힘들수록 웃음을 잃지 말고
바쁠수록 기쁨을 미루지 말아요

어려울수록 희망을 놓지 말고
고달플수록 행복을 저버리지 마세요

배우렴

느리게
사는 법을 배우렴

빠르게 사는 것보다
훨씬 여유로울 거야

단순하게
사는 법을 터득하렴

복잡하게 사는 것보다
훨씬 편안해질 거야

가볍게
사는 법을 선택하렴

무겁게 사는 것보다
훨씬 즐거울 거야

웃으며
사는 법을 익히렴

화내며 사는 것보다
훨씬 행복할 거야

웃으며 살아요

슬픔은
비에 씻겨 보내시고

상처는
눈에 녹여 버리시고

근심을
구름에 실려 보내시고

걱정은
바람에 날려 버리시고

힘든 일은
어둠에 묻어 버리시고

모든 일은
하늘에 맡겨 버리시고

걱정은 내려 놓으시고
다 잘될 거라고 믿어 버리시고

가벼워진 마음으로 즐겁고 편안하게
웃으며 살아가세요

행복 day

화가 나려해도
웃으며 넘기세요

우울해지려 해도
즐거운 생각을 하세요

속상한 일도
가볍게 넘기시고

힘든 일도 훌훌 털어 버리세요

걱정과 근심은
저 멀리 보내시고

오늘은
마냥 행복하기만 하세요

하루씩 행복하면
일생이 행복해집니다

똑똑똑!
행복한 선물이
도착 했습니다

지금부터
마음껏 쓰세요

당신의 삶속에
행복이 넘쳐나세요

당신의 인생에
행복이 쏟아지세요

행복의 선물을
너무 많이 받으신 분은

옆에 사람에게
나누어 주셔도 괜찮습니다

행복은 나눌수록 더 커지니까요

기억하세요

기억하세요
절망 속에도 희망이 있다는 걸

기억하세요
긴 터널도 끝은 있다는 걸

기억하세요
밤이 지나면 여명이 밝아온다는 걸

기억하세요
긴 장마비도 그칠 날 있다는 걸

기억하세요
겨울이 지나면 따뜻한 봄이 온다는 걸

기억하세요
고난 뒤에 축복이 기다리고 있다는 걸

힘내세요
행복은 찾아오고 있으니까요

말
것

힘들더라도
좌절하지 말 것

아프더라도
약해지지 말 것

울 일이 많더라도
웃고 살아갈 것

어렵더라도
체념하지 말 것

가난하더라도
비굴하지 말 것

잘난 게 없더라도
기죽지 말 것

되는 일이 없더라도
희망을 잃지 말 것

바쁘더라도
행복을 저버리지 말 것

소풍

인생은
잠시 놀다가는 소풍이야

너무 잘하려 애쓰지 말고
너무 많은 욕심으로 힘들게 살지 마

가진 게 많다고 다 행복한 것도 아니고
높은 지위에 있다고 다 행복하지는 않아

조금 부족해도
늘 감사하며 살아가면 돼

신나게 한바탕 놀다 가면 돼

즐거운 마음으로 살다 가면
멋진 인생이 되는 거야

충분한 행복

하루를
별 탈 없이
무사히 보낸다는 게

별것 아닌 것 같고
당연한 일인 것 같지만

참! 고마운 일입니다

좋은 날
멋진 날
즐거운 날
특별한 날

기적 같은 날을 바라며 살아가지만
그 보다 더 중요한 것은
나쁜 일이 일어나지 않는 것입니다

그것만으로도
충분히 감사해도 좋은 날입니다

행복이 정답이야

무슨 일을 하든
당신이 즐거운 일을 하세요

어떤 일을 하든
당신이 행복한 일을 하세요

어디에 있든
당신이 웃는 일을 하세요

어떤 삶을 살든
마음이 행복해지는 일을 하세요

인생의 정답은
당신의 행복입니다

세상을 살아가는데
그리 많은 것들이
필요하지 않다는 것을 알게 됩니다

중요한 것 몇 가지만 가지고 있어도

즐거운 삶을 살기에는
충분하다는 걸 알게 됩니다

가지지 못해 아쉬워했던 것들이
삶에 그리 큰 영향을 주지 않는 다는 걸
알 수 있게 됩니다

지금 가지고 있는 것들 안에서도
행복은 얼마든지 누릴 수 있다는 걸 알게 됩니다

찾기

삶은 평범함에서
특별한 일을 찾는 길입니다

소소한 일상 속에서
즐거움을 만들어가야 합니다

가만히 있으면 기적은 오지 않습니다
기적을 만나려면 찾아 나서야 합니다

때가 되면 오겠지
언젠가는 오겠지 기다리기만 한다면
원하는 걸 얻지 못합니다

행복을 만나려면
내가 먼저
행복을 찾아 길을 나서야 합니다

파라다이스

인생의
파라다이스를
멀리서 찾으려 하지 마

가장 멋진
낙원은

내 마음에
걱정이 없는 삶
근심이 없는 삶
행복을 누리는 삶 속에 있는 거니까

마음에
근심 걱정이 많은 사람은

아무리 좋은 낙원을 가도
행복해질 수 없는 거지

행복은 1

매 순간마다
감사의 거미줄로
한 올 한 올
집을 지으면

행복이란 나비가
거미줄마다에
날개를 퍼덕이며
찾아옵니다

불행은
불평을 먹고
자라나고

행복은
감사를 먹고
자라납니다

/ 행복은 2 /

행복은 지극히 평범한
일상에 늘 존재합니다

나쁜 일이 일어나 주지 않는 것
슬픈 일이 일어나 주지 않는 것
참 고맙잖아요

불행한 일이 찾아오지 않는 것
힘든 일이 찾아오지 않는 것
너무 다행이잖아요

아무 일 없이
평범하게 보낸 하루가
얼마나 감사해요

무사히 별 문제 없이
하루를 살 수 있다는 것

그것만으로도 충분히 감사하죠
그게 바로 행복한 인생이지요

/ 행복은 3 /

행복은
기다리면 영영 오지 않을 거예요

언젠간 오겠지 기다리다간
평생을 행복할 수 없을 지 몰라요

행복은 멀리 있는 것이 아니니까요

늘 당신 곁에 함께하고 있지만
찾지 못하고 있는 거니까요

당신의 손 안에
당신의 발 아래
숨 쉬는 공간에 늘 함께 있답니다

당신이
가지고 있는 것들을 감사하고.
함께 하는 것들을 사랑하면 행복이 됩니다

천천히 하나하나 찾아보세요.
생각보다 많은 행복을 찾을 수 있을 거예요

Chapter 4

털어봐
아프지 않는
사람 있나

털어봐

털어봐
아프지 않는 사람 있나

꾹짜봐
슬프지 않는 사람 있나

찾아봐
힘들지 않는 사람 있나

건드려봐
눈물 나지 않는 사람 있나

물어봐
사연 없는 사람 있나

살펴봐
고민 없는 사람 있나

가까이 다가가 봐
삶에 무게 없는 사람 있나

힘을 내봐
다 잘될 테니까

말아요

삶이 초라하더라도
기죽고 살지는 말아요

내일 풍성해질지
누가 알아요

삶이 힘들더라도
주눅 들지는 말아요

내일
잘 풀릴지 누가 알아요

삶이 어렵더라도
비굴해지지는 말아요

내일
좋은 일이 찾아올 지 누가 알아요

어떤 삶이 주어지든
흔들리지 말고 감사하며 살아가세요

쉬엄쉬엄

서둘러 걸어갔더니
넘어지게 되더라

앞만 보고 걸어갔더니
지치게 되더라

급하게 걸어갔더니
후회할 일이 생기더라

욕심껏 걸었더니
힘든 일만 많아지더라

무작정 걸어갔더니
길을 잃어버리더라

조금은 . . .
천천히 . . .
신중히 . . .
비워 내면서 . . .
쉬엄쉬엄 걸어가도
인생길 늦는 건 아니더라

살아보니

이쁜 게 다가 아니고
잘난 게 다가 아니더라

이쁜 사람도
마음이 이뻐야 사랑받고

잘난 사람도
심성이 고아야 진짜 잘난 사람이더라

겉모습의 향기는
그리 오래가지 못하고

마음의 향기가 그 사람을 오랫동안
빛나게 하더라

살아가는데 겉모습은
빛 좋은 허울뿐인 거더라

단순하게 살기

어쩔 수 없는 일들로
자신을 괴롭히지는 말자
조금만 너그러워지는 연습을 하자

바꿀 수 없는 것들로
자신을 힘들게 하지는 말자
조금만 가벼워지는 법을 배우자

내 마음대로 할 수 없는 일들은
조금 내려놓고 유연해지자
나 자신에게 스트레스를 주지말자

근심과 걱정으로
자신을 병들게 하는 일은 이제 그만두자

조금은 편안한 마음으로
비워낼 것은 비워내고
털어낼 것은 털어내고

받아들일 것은 받아들이며
단순하게 살아가자

머리가 무거울 땐
이고 있는 게 무언지 살펴보고

손이 무거울 땐
들고 있는 게 무언지 살펴보고

마음이 무거울 땐
담고 있는 게 무엇인지 살펴보고

삶이 무거우면
욕심이 무엇인지 돌아보고

힘들게 하는 게 있다면
정리해야 할 게 무엇이 있는 지
되짚어 보자

버릴 건 버리고 살자

흔들려도 괜찮아

삶이 힘들어지면
조금 흔들려도 괜찮습니다

어려운 일에 부딪히면
잠시 흔들려도 괜찮습니다

괴로운 현실과 만나면
그냥 흔들려도 괜찮습니다

흔들리지 않고
자라는 나무가
어디 있나요

거센 바람이 불어 오면
기꺼이 흔들려 주되
뿌리만 잘 버티고 계세요

모든 것은 지나가고
삶은 한 뼘 더 자라나 있을 테니까요

제거하기

근심은 먼지 만할 때
닦아내고 쓸어내야 해요

가만히 놓아두면
닦아도 닦을 수 없는 때가 되니까요

걱정은 작을 때
빨리 내려놓아야 해요

괜찮겠지 놓아두면
목까지 차올라 숨을 조르니까요

두려움은 하나일 때
바로 보내줘야 해요

차곡차곡 쌓이게 되면
용기를 송두리째 앗아가니까요

삶에서 나쁜 것들은 제거하는 것은
좋은 삶을 만들어 가는 데 매우 중요합니다

그래야 좋은 것들이 오게 되니까요

'근심에 대해서 근심하지 말아야 한다'

물 흐르듯

애 쓴다고
안될 일이 되지는 않고
될 일이 안 되지는 않더라

발버둥 친다고
올 것이 안 오지는 않고
안 올 것이 오지는 않더라

아등바등 살아도
새어 나갈 것은 어떻게든 새어나가고
움켜쥔다고 다 내 것은 될 수 없더라

걱정 한다고 문제가 해결되는 것도 아니고
마음 편히 놓는다고 해결될 게 안 되는 건 아니더라

물 흐르듯 살다 보면
올 것은 오고 갈 것은 가더라

삶에 얽매여 살 것도 아니더라

별일 아냐

아팠던 날들도 지나고 나면
별일도 아니더라

슬펐던 일들도 지나고 나면
별일도 아니더라

힘들었던 일과
고통스러운 날들도
지나고 나서보면 별것도 아니더라

걱정하는 일들도
막상 부딪혀보면
어려운 일도 아니더라

지나고 나면 모두가 별일도 아니더라
힘들어하며 살 일도 아니더라

민들레꽃

부정적인 요소가
잔디처럼 깔려 있더라도

민들레처럼 꿋꿋하게 뿌리를
뻗어 노오란 꽃을 피워 낼 수 있어야 합니다

널따란 잔디밭에서
잔디에 굴하지 않고

꽃을 피워내고
하얀 솜털에 희망을 달아
바람에 날리는 민들레꽃

민들레꽃은 환경에 저항하지 않았습니다

오히려 푸른 잔디를 배경삼아
노오란꽃으로 주인공이 됩니다

스스로가 긍정하면
영혼 깊숙이 울림이 전해져
꽃을 피워낼 수 있게 됩니다

/ 별 1 /

당신이 눈을 감고
잠들어 있는 시간에도

밤하늘의 별은
당신을 지켜주고
있답니다

사는 게 너무 힘이 들어
앞이 보이지 않아
깜깜할 때 있을 거예요

그때 기억하세요

어둠속에서 빛은
더 반짝인다는 것을

눈물을 멈추고
잘 찾아보면
빛은 보인다는 것을

신은 항상
당신 편이라는 것을 요

/ 별 2 /

누군가의 마음을
따뜻하게 데워주는 사람

자신도 어렵지만
주위 사람에게 베푸는 사람

알게 모르게
다른 사람을 이롭게 해주는 사람

사람들의 가슴속에
빛나는 별을 안겨 준 사람들은

언젠가는 하늘에서
수많은 별들이 쏟아져 내려
그 사람을 밝게 빛나게 해준다

사람은
꽃처럼 살면
꽃향기가 나고

별처럼 살면
반짝반짝 빛이 난다

긍정적인 사람은

비가 내리는 날은
나무가 먹을 수 있어서 좋고

바람 부는 날은
먼지가 날아가 주어서 좋고

눈이 오는 날은
온 세상이 하얗게 되어서 좋고

햇살 좋은 날은
젖은 마음 말려서 좋고

한가한 날은
쉬어가서 좋고

바쁜 날은
시간이 잘 가서 좋다 말한다

긍정적인 사람은 모든 조건에서
좋은 면을 바라본다

모든 것은
바람타고 날아가고

비에 씻겨 흘러가고
세월따라 사라집니다

단단한 쇠도 녹는 날 오고
튼튼한 나무도 쓰러지는 날 오고
우직한 바위도 내려앉는 날 옵니다

갓난아기를 할아버지로
만들어 버리는 게 세월입니다

인생 너무 어렵게 살게 아닙니다
안 된다고 불평할 필요도
힘들다고 괴로워 할 이유도 없습니다

가만히 놓아 두어도
올 때가 되면 오고
갈 때가 되면 가는 것 같습니다

가장 단순하게 사는 게
가장 지혜로운 삶 같습니다

포기하지 마

참아봐
참을만해 지더라

견뎌봐
견딜 힘이 생기더라

버텨봐
이겨낼 수 있게 되더라

노력해봐
다 할 수 있게 되더라

기다려봐
때가 되면 오더라

웃어봐
웃는 날이 와 주더라

포기하지 마
이룰 수 있게 되더라

한번만 더

많은 실패는
포기할 때 무너집니다

한 발자국만
더 나아갔더라면

조금만 더 노력 했더라면
한번만 더 참아 냈더라면

성공을 이루었을텐데 말입니다

성공을 해보면
얼마나 가까이에서
성공이 나를 기다리고 있었는지
알 수 있습니다

한계! 그것은
스스로가 만들어 놓은
장애물입니다

성공나무

역경은
성공의 거름이 됩니다

고난은
성공의 빛이 됩니다

시련은
성공의 물이 됩니다

성공의 나무가
잘 자라나기 위해서는

인내라는
토양이 필요합니다

도
전

새로운
시작은 두려움이 많습니다

막상 해 보면
별일도 아닙니다

부딪혀 보면
못할 것도 없습니다

하다 보면
방법을 찾게 됩니다

뛰어들면
어려운 일도 아닙니다

걱정과 두려움은 내려놓고 시작해 보세요
용기를 가지고 도전해 보세요

해 보면 잘 할 수 있게 되고
부딪혀 보면 어렵지 않으니까요

꽃씨를 심을 때는
잘 틔어 낼까 걱정하고

꽃씨가 틔어나면
잘 자랄까 걱정하고

잘 자라나면
꽃을 피워 낼지 근심합니다

꽃이 피면 시들까를 걱정하는 게
사람 마음입니다

피고 지는 것은
다 자연의 법칙입니다

걱정한다고 필 꽃이 피지 않고
질 꽃이 지지 않는 것은 아닙니다

순리에 순응하며 살아가세요
걱정은 내려놓고 편안히 살아가세요

단련

실패를 두려워하면
어떤 것도 할 수 없게 됩니다

무언가를 이루어낸 사람들은
수많은 실패를 통해 배우고
경험하여 이루어낸 결과입니다

모든 일은 동전의 양면처럼
한 쌍으로 이루어졌습니다

얻으려면 잃어버릴 배짱도 있어야 합니다

그리고 실패에 좌절하기보다
다시 일어날 용기를 가져야 합니다

두려워 하지 않으면
두려워 할 일은 일어나지 않을 거예요
자신을 좀 더 강한 사람으로 단련하세요

하루씩만

힘들어 하지 말고
하루씩만 살아가세요

하루가 주는 슬픔
하루가 주는 즐거움

하루가 주는 아픔
하루가 주는 기쁨

하루가 주는 걱정
하루가 주는 보람

하루가 주는 절망
하루가 주는 행복
하루가 주는 기다림

하루의 일은
오늘 끝을 맺고
내일 일은
내일을 살아가면서
걱정하세요

봄은 와요

지금 당신의 삶이
척박하고 아프다면

텃밭을 일구고
씨앗을 뿌리고 있는 중입니다

삶이 겨울처럼 시리다고
슬퍼하지 마세요

기다리지 않아도 봄은 오고
때가 되면 싹은 틔어나고
꽃은 피어나고 열매를 맺게 되니까요

그 열매 따 먹으며
따뜻한 햇살 아래
행복한 미소 짓는 날 올 거예요

긍정의 힘

안 될 거라 생각하면
불안해지지만

잘 될 거라 믿으면
마음이 편안해집니다

할 수 있을까 생각하면
걱정이 되지만

할 수 있다 믿으면
용기가 생깁니다

희망이 없다 생각하면
절망감에 빠지지만

희망은 있다 믿으면
방법이 보입니다

불가능하다 생각하면
될 일도 안 되지만

가능하다 믿으면
안 될 일도 됩니다

긍정은 무한한 에너지입니다

답게 살다

너답게 사는 것
나답게 사는 것 중요합니다

너는 첼로
나는 피아노
친구는 바이올린을 연주할 때

멋진 오케스트라
협주곡이 완성될 수 있을테니까요

사람에겐
자기만의 색깔이 있고 빛깔이 있지요

그런데
누구답게 살려고 하다보면
나란 존재성의 소중함을 잃게 되지요

타인의 삶이 아닌
당신만의 삶을 살아가세요

당신은 당신다울 때가
가장 아름답고 멋지답니다

웃어볼래

힘들어도
한번 웃어볼래

고달파도
한번 웃어 봐

쓸쓸해도
한번 웃어볼래

아파도
한번 웃어 봐

외로워도
한번 웃어 볼래

괴로워도
한번 웃어 봐

거봐! 네가 웃으니까
세상도 따라 웃어 주잖아

네가 웃어야
세상도 밝아지는 거야

마음 길

좋은 일이 생길 거라
생각해 봐

즐거운 일이 찾아 올 거라
믿어 봐

기분 좋은 일이 일어날 거라
상상해 봐

다 잘 될 거라고 확신해 봐

너에
마음 길따라

바라던 선물이 도착할 거야

가벼운 마음으로

힘든 일은
강물에 씻어 버리는 거야

슬픈 일은
바람에 날려 버리는 거야

아픈 일은
어둠에 묻어 버리는 거야

괴로운 일은
비에 실려 보내 버리는 거야

너무 애쓰지 마요
모든 것은 잠시 머물러 있는 거니까

때가 되면 갈 것은 가고
올 것은 오는 거니까

가벼운 마음으로
웃으며 살아가요

/ 길 1 /

막힌 길은
뚫고 가면 되고

험한 길은
다져 가면 되고

높은 길은
올라서면 되고

먼 길은
꾸준히 가면 되고

없는 길은
만들어서 가면 된다

뜻이 깊으면
길은 얼마든지 있다

길이 없다고 말하는 것은
절실하지 않기 때문이다

/ 길 2 /

모든 길은 열려 있습니다

수많은 길이 있지만
내가 걸어가야 길이 되어 줍니다

아무리 좋은 길도
내가 걸어가지 않으면
잡초가 무성한
풀밭이 되고 맙니다

막힌 길은 뚫고 가면 되고
높은 길은 넘어 가면 되고

닫힌 길은 열어 가면 되고
험한 길은 헤쳐 가면 되고
없는 길은 만들어 가면
길이 됩니다

길이 없다 말하는 것은
간절한 마음이 없다는 뜻입니다

살다가

나를 미워하고
험담하는 사람을 만나거든

똑같이
미워하고 헐뜯지 말고

아무 일 없었다는 듯 웃어주고
더 잘 해주고 더 따뜻하게 대해 주세요

그러면
나에 대한 선입견을 버리고
나에 대한 나쁜 감정이 사라져

잘못된 판단이었다는 것을
깨우치게 될 거예요

너그러운 마음으로
이해하고 포용해 주면
험담했던 자신이 부끄러워 질 거예요

망각

기억과 망각이 있다는 게
얼마나 다행인가!

기억만 있고
망각이 없다면
생각의 무게가
그 얼마나 무거워 지겠는가!

망각이라는 어둠속에
아팠던 일
슬펐던 일
힘들었던 일들을 묻을 수 있으니
그 얼마나 감사한가!

그래서 조금이나마
가볍게 살아갈 수 있다는 게
그 얼마나 고마운 일인가!

마음 하나

즐겁다 생각하면
즐거움이 밀려오고

기분 좋다 생각하면
좋은 감정이 쏟아진다

감사하다 생각하면
모든 일들에 행복이 넘치고

다 잘 될 거라 생각하면
마음에 기쁨과 평온이 찾아든다

내 마음 하나 잘 다스리면

세상이 아름답고
모든 일이 즐거움으로 다가온다

마음평온

욕심은 채워도 채워도
채워지지 않는 빈 잔이다

욕망은 마셔도 마셔도
갈증만 더해가는 바닷물이다

번뇌는 버려도 버려도
다시 차오르는 샘물이다

걱정은 닦아도 닦아도
어느 샌가 날아든 먼지다

갈증은 갈증만 불러올 뿐이다

인생 살아가는데
마음 평온하고 행복하면 그 뿐인 것을

많이 담으려 애쓰지 말고
많이 얻으려 탐내지 말자

나이가 들어갈수록

부담스런 옷보다
편안한 옷이 좋아지고

멋진 신발보다
걷기 편한 신발이 좋아지고

불편한 사람보다
마음 편한 사람이 더 좋아진다

나이가 먹어갈수록
너무 과해 화려한 삶보다

은은한 향기를 지닌 들꽃처럼
소박한 인생이 더 좋아진다

욕심 없는 가벼운 삶이 주는
넉넉함이 얼마나 고마운지

편안함이 주는 풍성함이
얼마나 소중한 건지 알 것 같다

힘들어 말아요 당신!
어둠이 짙을수록 여명은 밝아오니까요

슬퍼 말아요 당신!
고난이 깊을수록 열매는 달콤하니까요

아파하지 말아요 당신!
상처가 아문 자리엔 꽃이 피어나니까요

울지 말아요 당신!
눈물의 끝자락엔 행복이 있으니까요

너무 애쓰지 말아요 당신!
영원한 건 없으니까요
당신은 분명 잘 될 테니까요

/ 명
상 /

우리는
틈틈이 내 안의 나와 만나야 합니다

마음을 보살피는 일이
삶을 잘 돌보는 일이 되고

마음을 다스리는 것이
인생을 잘 만드는 길이 됩니다

우리는 매일
눈을 감고 고요한 시간을 가져야 합니다

내면의 깊숙한 세계로 들어가
인생을 창조해 낚아 올려야 합니다

변화

삶을 변화시키려면
자신이 변해야 하므로
굳은 의지가 필요하지요

고칠 점이 무엇인가를
먼저 인지하고
고쳐 나갈 수 있어야 합니다

하고자 하는 일이 있다면
끝까지 해낼 수 있어야 하고

바라는 삶이 있다면
앞만 보고 매진할 수 있어야 합니다

자신이 바뀌면
인생 전체가 바뀌게 되지만

말처럼
쉽고 간단하지만은 않지요

백번 각오하고 다짐하는 것보다
한번 제대로 깨우치고
변화할 수 있어야 하지요

삶은 말로 살아가는 게 아니라
자신이 직접 행동하고 실천해야 펼쳐집니다

세상은

세상은 넓지만 사실은
내 마음 안에 세상이 있습니다

내 마음이 바쁘면
세상도 바쁘게 돌아가고

내 마음이 여유로우면
세상도 여유롭게 흘러갑니다

내 마음을 고요하고 평온하게 다스리면
세상도 따라오게 됩니다

늘 좋은 생각을 하고
항상 즐겁게 살아가고

감사하며 살아가면
세상도 아름다워집니다

유연하게

물 흐르듯 살아가세요
거슬러 살려하니까
힘들어지게 됩니다

바람 불어주는 대로 살아가세요
역으로 가려하니까
고통이 따르게 됩니다

구름처럼 살아가세요
채우려고만 하니까
인생이 무거워지게 됩니다

애쓰지 말고 살아가세요
바람과 구름처럼 가벼운 마음으로
물과 계절처럼 흐르는 방향대로

그냥 유연하게 살아가세요

마음 탓

세상이
어두워 보이는 건
근심이 많기 때문이야

인생이
괴로운 건
걱정이 많기 때문이야

삶이
즐겁지 않은 건
욕심이 많기 때문이야

오늘이
행복하지 않은 건
만족이 없기 때문이야

모든 건 다 마음 탓이야

산다는 것은

때론 아프고
때론 기쁜 일이지

때론 슬프고
때론 즐거운 일이지

때론 힘들고
때론 고마운 일이지

가끔은 눈물 나고
가끔은 웃는 일이지

항상 나쁜 일만 있는 것도
항상 좋은 일만 있는 것도 아니지

이 세상에 영원한 것은 없으니

주어진 삶을 겸손히 받아들이고
감사하며 살아가면 되는 거지

당신의 하루가

오늘
당신의 하루가
눈물 나는 시간보다
웃는 시간이 많았으면 좋겠습니다

화나는 일들보다
즐거운 일들이 많았으면 좋겠습니다

근심으로 보내기 보다
행복으로 채워졌으면 좋겠습니다

불평하는 하루보다
감사하는 하루였으면 좋겠습니다

당신의 하루가
기쁨의 향기로 가득했으면 좋겠습니다

／
물
과

바
람
과

구
름
처
럼
／

물은 거슬러 흘러갈 수 없습니다

안 되는 일에
속 끓인들 근심만 늘어납니다

강물에 배를 띄우 듯
물 흐르는 대로 사세요

바람은 어디서 불어와
어디로 가는 지 알지 못합니다

삶은 오늘 어떻게 될지
내일 어떻게 될지 알 수 없습니다

바람에 연을 날리 듯
바람 불어 주는대로 사세요

구름은 자신의 몸이 무거워 질 때마다
미련 없이 내려 놓습니다

구름이 비를 내려놓듯
차오른 욕심과 욕망을 비워내고
가벼운 마음으로 구름처럼 사세요

지나간다

힘든 일에 부딪힐 때나
괴로운 일에 맞닥뜨릴 때

인생이 끝날 것 같지만

하룻밤씩 자고나고
하루씩 살아가다 보면

바람에 날아간 날 오고
비에 씻겨나는 날 오게 됩니다

죽을 만큼 힘든 일도
죽을 힘을 다해 견뎌 내고
버텨내다 보면

모든 것은 지나가고
따뜻한 햇살 아래
웃게 되는 날 오게 됩니다

행복한 사람은 표정이 밝고 잘 웃습니다

불행한 사람은 얼굴이 어둡고 잘 찡그립니다

잘 되는 사람은 적극적이고 긍정적입니다

잘 안 되는 사람은 소극적이고 불평이 많습니다

성공한 사람은 낙천적이고 희망적입니다

실패한 사람은 비평적이고 이유가 많습니다

중요한 것은
그 사람의 태도가
그 사람의 인생을 만들게 됩니다

힘들더라도
웃음을 잃지 말아야 하고

어렵더라도
희망을 놓지 말아야 하고

잘 안 되더라도
긍정적인 마인드를 유지해야 합니다

너라는 보석

먼지가 조금 앉았다고
꽃이 잡초가 되는 것은 아니잖아

때가 조금 꼈다고
보석이 돌이 되는 것은 아니잖아

먼지로도
꽃의 아름다움은 숨길 수 없고

때로도
보석의 빛을 가릴 수는 없는 거야

삶에 먼지가 조금 앉았다고
인생에 때가 조금 끼었다고
기가 죽거나 우울해 할 필요는 없어요

그럴 때 일수록
마음의 빛을 더욱 밝게 비추세요

당신은 반짝이는 보석입니다

높여 주기

상대방을
비방하고 낮추면

내가 높아질 것 같지만
반대로 내 인품이 낮아집니다

상대방을
칭찬해 주고

좋은 말을 해주고
높여 주면
내가 낮아질 것 같지만

반대로
내 인격이 높아지게 됩니다

조금 삶을 즐겨봐

마음이 바빠서 그런 거지
세상이 바쁜 것은 아니야

내가 서둘러 가려하니까
인생이 발맞춰 뛰어가게 되는 거지

시간은 늘 같은 속도로
유유히 흐르고 있는 거야

조금 여유를 가져 봐
주변 풍경도 만끽해 보고

힘들 땐 벤치에 앉아
편히 쉬기도 하고 말야

조금 느리게 살아봐
조금 천천히 걸어가도 괜찮아

조금 삶을 즐겨봐
인생은 속도보다
과정이 아름다워야 하니까

/ 걱정말아요 1 /

그대여
아무 걱정하지 말아요

떠나가는 것과
다가올 것들에
연연해하지 말아요

어려운 문제와
힘든 시간들을
겸허히 받아 드리세요

지나고 나면
모든 것들은
그들만의 의미가 있습니다

걱정은 적게
희망은 많이 가지세요

후회 없이 살아가고
아낌없이 행복하세요

/ 걱정말아요 2 /

걱정과 두려움은
자신이 만들어 놓은
일종의 허상입니다

마음속에 생명 없는
허수아비 하나 세워놓고

밥을 먹이고
옷을 입혀주고 있는 거지요

근데
걱정을 하면
생명을 얻어
걱정한 일을 데려오고

두려워하면
두려워하는
그 일을 만들어냅니다

이제 그만 하세요
걱정하고 두려워 할 시간에
한 번 더 좋은 생각을 하는 게
지혜로워요

Chapter 5

먼저 해 준다고 하늘이 무너지지 않습니다

먼저 해주기

상대방이
당신을 위로하지 않는다고
서운해 하지 말아요

그도 힘든 사람이에요
당신의 위로가 필요하지요

상대방이
당신을 사랑하지 않는다고
투정부리지 말아요

그도 외로운 사람이에요
당신의 사랑이 필요하지요

우리
너무 바라지만 말아요
너무 계산하지 말아요

먼저 해 준다고
하늘이 무너지지 않습니다

좋은 말

"감사합니다" 그 말은
얼마나 포근한가요

"수고하셨습니다" 그 말은
얼마나 고마운가요

"힘내세요" 그 말은
얼마나 위로가 되나요

"행복하세요" 그 말은
얼마나 따뜻한가요

"멋져요" 그 말은
얼마나 기분 좋은가요

"사랑합니다" 그 말은
얼마나 행복해 지나요

좋은 말에서
정이 싹틉니다

아끼지 말고
말해 주세요

당신의 수고가

당신이 한 작은 수고가
누군가에겐
커다란 감사가 됩니다

당신이 한 작은 선행이
누군가에겐
커다란 행복이 됩니다

당신이 한 작은 배려가
누군가에겐
커다란 기쁨이 됩니다

당신이 한 작은 칭찬이
누군가에겐
커다란 용기가 됩니다

당신은 작지만
결코 작지 않습니다

사과씨

사과씨가 자라나 얼마나 많은
열매를 맺을 지 아무도 모릅니다

우리의 마음속에
수많은 씨앗이 있지만
알지 못한 채 살아갑니다

씨앗을 찾아내
좋은 토양에 심고
긍정의 물을 주고
희망의 햇살을 쪼여주면

곧 꽃이 피고 열매를 맺을 수 있습니다

잠들어 있는
씨앗을 깨어내는 건
당신의 몫입니다

실패를 했을 땐 생각하세요
'하나를 배웠구나'

힘든 일을 겪고 있을 땐 생각하세요
'좋은 경험을 하고 있구나'

아픈 일을 당했을 땐 생각하세요
'조금 더 강해지겠구나'

누군가 떠나 보냈을 땐 생각하세요
'인연이 여기까지구나'

자라더라

고통은 내 눈물을 먹고 자라고
기쁨은 내 웃음을 먹고 자라더라

나쁜 일은 내 부정을 먹고 자라고
좋은 일은 내 희망을 먹고 자라더라

슬픈 일은 내 근심을 먹고 자라고
즐거운 일은 내 미소를 먹고 자라더라

힘든 일은 내 불평에서 자라고
고마운 일은 내 사랑에서 자라더라

불행한 일은 내 투정에서 자라고
행복한 일은 내 감사로 자라더라

모든 것은 나에게서 자라나더라

감사하기

감사할 이유를 찾아보면
감사할 게 참 많아진다

감사 끝엔 행복이 웃고 있다

불평할 이유를 세어보면
불평할 게 참 많아진다

불평 끝엔 불행이 꼬리를 흔든다

감사에 조건을 달면
만족이 줄어들고

불평이 습관이 되면
행복이 그만큼 줄어든다

움켜쥔다고 해서
다 내 것이 될 수 없다

너무 아끼다 보면
반드시 어딘가로 새어 나간다

그게
재물이든
사랑이든
물건이든
잠시 빌려 쓰는 인생이다

너무 집착하지 마라

내 몸도 내 것이 아니듯
세상에 온전한 내 것은 하나도 없다

인연

좋은 인연도
나쁜 인연도
모두 인연이라
만난 사람들이다

인연이 아니고서야
어찌 그 많은 사람들 중에

옷깃을 스치고
마음을 흔들고 가겠는가!

좋은 인연은
좋아서 고맙고

나쁜 인연은
내게 깨달음을 주니
고맙지 아니한가!

인연은
오는 길도 알 수 없고
가는 길도 알 수 없는 것

언제 올지 알 수 없고
언제 갈지 알 수 없는 것

오라고 해서
와주는 것도 아니고
가라고 해서
가주는 것도 아닌 것

머물러 주는 인연
타박 말고 껴안고 살아 가다가

인연의 시간이 끝나는 날
손 흔들어 보내 줄 수밖에

적게 많이

* 분노는 적게 용서는 많이

* 눈물은 적게 웃음은 많이

* 미움은 적게 사랑은 많이

* 말은 적게 생각은 많이

* 다툼은 적게 배려는 많이

* 걱정은 적게 희망은 많이

* 포기는 적게 노력은 많이

* 두려움은 적게 용기는 많이

* 부정은 적게 긍정은 많이

* 욕심은 적게 감사는 많이 하세요

/ 그대여! 1 /

울지 말아요 그대여!
멋지고 행복한
시절이 다가오니까요

눈물을 닦아요 그대여!
내일 아침이면

당신의 행복이
예쁜 상자에 담아져
창가에 놓여 있을 테니까요

눈물을 거두어요 그대여!
구름이 걷히고 나면
맑은 날이 올 테니까요

웃어 보아요 그대여!
모든 것은 다 지나가니까요

/ 그대여! 2 /

운다고 슬픔이
없어지진 않겠지만
그대가 울고 싶다면
그대 눈물 닦아 드릴게요

아파한다고 아픔이 낫진 않겠지만
그대가 아파하면
옆에서 위로해 드릴게요

힘들어 한다고
힘든 일이 사라지진 않겠지만
그대가 힘들어하면
등 토닥여 드릴게요

삶의 무게에 짓눌려
지쳐있는 그대에게
희망의 손 내밀어
따뜻하게 잡아 드릴게요

그대여! 삶은 아프면서
움트는 거예요

봄날에 제 살 뜯어
새싹을 내 보내는 땅도
사실은 많이 아프데요

인생의
표지판은 마음 안에 있습니다

느낌이 안 좋으면
그 길은 위험하니 가지 마시오

감정이 좋으면
이 길은 즐거우니 가시오

직감이 이상하면
이 방향은 나쁘니 가지 마시오

예감이 괜찮으면
이 방향은 고운 꽃길이니 걸어 가시오다

마음의 표지판을
잘 따라가며 살아가면 된다

너그럽게

다른 사람을 바라 볼 때
너무 가혹한 잣대로 보지말아요

조금 마음에 들지 않더라도
따뜻한 시선으로
나를 보듯 타인을 바라보세요

나와 다름을 인정하고
이해 해주고 배려하며
너그러운 시선으로 바라보세요

오해를 하면 적을 만들게 되고
이해를 하면 친구가 될 수 있습니다

난들 누군가의 눈에
다 좋아 보일 수 있나요
관계는 노력이 필요합니다

생각차이

'이건 벽'
이라 생각하면
그 안에 갇히게 됩니다

'이건 문'
이라 생각하면
밖으로 나올 수 있게 됩니다

부정과 긍정은
실패와 성공을 결정짓게 합니다

어렵다 생각하면
쉬운 일도 어려워집니다

못한다 생각하면
할 수 있는 일도 못하게 됩니다

힘들다 생각하면
아무것도 할 수 없게 됩니다

어려운 일을 해낼 수 있는 게 도전입니다
못하는 일을 해낼 수 있는 게 노력입니다

힘든 일을 해낼 수 있는 게 패기입니다
불가능한 일을 가능케 하는 게 용기 입니다

될 때까지 해보는 것 그건 끈기입니다
다 할 수 있습니다

겸손

예쁜 꽃은
키가 작다

그래서
꽃을 보려면
고운 향기를 맡으려면

내 몸을 낮추어야만 한다

세상의 고운 것은 낮은 곳에 있다

세상의 아름다움을 보려면
삶의 고운 향기를 맡으려면

언제나 겸손히
마음을 낮추어야 한다

유통기한

사람과의
관계에도 유통기한이 있습니다

오래도록 소통이 없으면
무관심이라는 곰팡이가 피어나고

바쁘다는 이유로 소홀해지면
이별이라는 세균이 자라나게 됩니다

관계가 변질되면
서로에게서 버림받게 되고
썩게 되면 영영 멀어지게 됩니다

관계는 가꾸어 가야
꽃이 피고 향기가 납니다

향기

커피는
커피잔에 담겨져
뜨거운 물을 부어주어야
커피향이 나지요

사람도 고운 향기를
마음 안에 품고 다니지만
사용하지 않으면 소용이 없어요

누군가를
이해하고 배려할 때
맘껏 사용해 보세요

따스함을 전하고
사랑을 나눠줄 때
맘껏 사용해 주세요

당신의 향기는
누군가에게 아주 오래도록
고운 향기로 남아있게 될 거에요

소박하게

조금 덜 가지고
조금 더 가진 게 뭐가 그리 중요한가요.

하고 싶은 것 하고
좋아하는 것 하며 즐겁게 살아가면
행복한 인생이 되는 거지요

누가 잘 나고
누가 못나고가 뭐가 필요한가요

주어진 삶 안에서
기쁨을 찾아 누리고
행복을 찾아 가지면
좋은 인생을 사는 거지요

살아가는데
뭐 그리 많은 게 필요한가요

하루하루 감사하고 작은 기쁨 느끼며
소박하게 살아가면 되는 거지요

꽃

꽃은 예뻐서
아픔이 없을 것 같지만

꽃도
말 못 하는 아프고
힘든 사연들이 많이 있는 거지

고와 보이는 사람도
평안해 보이는 사람도

꾹 짜보면
눈물 쏟아 낼 사연들 품고 있는 거지

이 세상에
눈물 없는 삶이 어디 있겠어

그들만의
아픔과 시련이 다 있는 거지

마음의 눈

누군가 미워 보이는 건
내 마음이 밉기 때문이야

누군가 고와 보이는 건
내 마음이 곱기 때문인 거지

미운 사람도
곱게 보면 고운 사람이 되고

고운 사람도
밉게 보면 미운 사람이 되지

원래 미운 사람도 고운 사람도 없는 거야

내 기준으로 보게 되고
다 내 마음의 눈으로 보이는 거지

따뜻한 사람

멋진 사람이 되지 말고
따뜻한 사람이 되세요

멋진 사람은 눈을 즐겁게 하지만
따뜻한 사람은 마음을 데워 줍니다

잘난 사람이 되지 말고
진실한 사람이 되세요

잘난 사람은 피하고 싶어지지만
진실한 사람은 곁에 두고 싶습니다

대단한 사람이 되지 말고
좋은 사람이 되세요

대단한 사람은 부담을 주지만
좋은 사람은 행복을 줍니다

/ 관계 1 /

옷이 크면
줄이면 되고

옷이 작으면
늘리면 몸에
잘 맞는 옷이 됩니다

사람과의 관계도
마음을
조금 줄이고

마음을
조금 늘리면
잘 맞는 사람이
되어줍니다

내 마음과 잘 맞는
사람은 없습니다

관계는 서로의
노력이 필요합니다

/ 관계 2 /

사람의 관계는
우연은 1% 노력은 99%입니다

아무리 좋은 인연도
서로의 노력 없이는 오래갈 수 없고

아무리 나쁜 인연도
서로가 노력하면 좋은 인연이 됩니다

모든 인연이
좋은 인연이 될 수 있게
서로를 이해하고
배려할 줄 알아야 합니다

타인보다 내가 먼저
좋은 사람이 되어주고
고마운 사람이 되어 주세요

진실한 사람이 되어 주고
따뜻한 사람이 되어 주세요

착한 이별을 하고
그리운 사람으로 남아
오래도록 기억되는 사람이 되세요

통로

나쁜 일이 생기면
다들 난감해지잖아요

왜 나한테 이런 일이 생겼나
속상하기도 하구요

그런데 나뿐만 아니라
다른 사람들에게도
나쁜 일은 일어나고 있습니다

삶이라는 게 좋은 일만
있는 게 아니거든요

이때 생각을 조금만 바꿔보면 어떨까요
좋은 일을 만들고 있는 준비 과정이다

더 멋진 길로 들어서고 있는 통로이다

그럼 조금 가볍게 넘길 수 있어요
어차피 다 잘 될 테니까
너무 속상해하거나 걱정 말아요

바꾸기

바라는 게 많으면
실망할 일이 많습니다

욕심이 많으면
절망할 일이 많습니다

기대가 많으면
불평할 일이 많습니다

욕망이 많으면
근심할 일이 많습니다

걱정이 많으면
괴로운 일이 많습니다

텅빈 상태가 되면 마음이 편안해집니다

뜻대로 되지 않을 땐
자신의 태도와 의식을 바꾸어 보세요

친구란

허물이 없어서 좋은 거야
따뜻한 위로가 되어서 좋은 거지

비밀을 공유할 수 있기 때문에 좋은 거야
내 잘못을 덮어 주니 좋은 거지

슬플 땐 곁에서 말동무가 되어주고
기쁠 땐 나의 기쁨을 나눠 주는 거지

가슴시린 날엔 손 내밀어 잡아주고
울고 싶은 날엔 손수건이 되어 주는 거야

친구란 그런 거야
곁에서 지켜주는 것
편이 되어 주는 것

친구가

친구가 안 좋은 일로 찾아와
푸념을 늘어놓거든

논리적인 관점은 조금 밀어두고
잘 들어주고 공감해 주세요

친구가 필요한 건 충고가 아닌
내 편입니다

친구가 찾아와 안 좋은 일로
하염없이 울거든

그만 울라고 핀잔주지 말고
그 울음을 다 토해내고 시원해 질 때까지

눈물을 닦아 주고
등을 토닥여 주세요

친구에게 필요한 건
누군가의 따스한 품과
위로의 손길입니다

사랑받는 사람은
예뻐서가 아니라

항상 밝게 웃는 사람이
사랑을 받습니다

사랑받는 사람은
잘나서가 아니라

항상 겸손한 사람이
사랑을 받습니다

사랑받는 사람은
똑똑해서가 아니라

항상 배려해 주는 사람이
사랑을 받습니다

사랑받는 사람은
그냥 사랑 받는 게 아니라
사랑받을 행동을 하니까
사랑을 받습니다

만만치 않은 세상살이
꿋꿋하게 살아가는
당신을 응원합니다

때론 삶에 속아
쓰린 잔을 마시는 날 있어도
잘 견뎌내며 살아가는
당신을 응원합니다

가끔 내 맘 같지 않은 사람만나
다치고 상처 받지만
아픈 맘 잘 추스르고 살아가는
당신을 응원합니다

힘든 삶에 지쳐도
그래도 살아가야 하기에
용기 잃지 않고 열심히 살아가는
당신을 응원합니다

당신이 있어 세상이 아름답습니다
당신의 빛나는 삶을 응원합니다

착한 사람은
자신이 착한 사람인지 모릅니다
늘 자신을 낮추기 때문입니다

나쁜 사람은
자신이 나쁜 사람이라는 걸 모릅니다
늘 자신을 높이기 때문입니다

좋은 사람은
자신이 좋은 사람인지 모릅니다
늘 겸손하기 때문입니다

악한 사람은
자신이 악한 사람이란 걸 모릅니다
늘 거만하기 때문입니다

자신의 모습은 자신이 볼 수 없습니다
타인의 눈에만 보여집니다

흘러가니 아름다워

구름도 흘러가고
강물도 흘러가고
바람도 흘러갑니다

생각도 흘러가고
마음도 흘러가고
시간도 흘러갑니다

좋은 하루도
나쁜 하루도 흘러가니 얼마나 다행인가요

흐르지 않고 멈춰만 있다면
물처럼 삶도 썩고 말텐데
흘러가니 얼마나 아름다운가요

아픈 일도 힘든 일도
슬픈 일도 흘러가니 얼마나 감사한가요

세월이 흐르는 건 아쉽지만
새로운 것으로 채울 수 있으니
참 고마운 일입니다

당신이

당신이 행복했으면
좋겠습니다

어디서 무엇을 하든
어떤 삶이든 매일 웃었으면 좋겠습니다

바쁘더라도
즐거움을 잃지않고

힘들더라도
기쁨과 함께 했으면 좋겠습니다

삶에 지치더라도
희망을 잃지 말고

시련의 삶 속에서
소망을 놓지 않았으면 좋겠습니다

당신의 인생이
마냥 행복 했으면 좋겠습니다

/ 관계에서 1 /

내가 조금 양보하면
편해집니다

내가 조금 배려하면
웃게됩니다

내가 조금 이해하면
좋아집니다

내가 조금 넓어지면
깊어집니다

내가 조금 손해 보면
행복해집니다

조금만은 작지만
큰 기쁨이 됩니다

/ 관계에서 2 /

내가 좀 손해 본다 생각하면
마음도 편하고

서운한 마음도
줄어들게 됩니다

이만큼 줬으니까
너도 그만큼 줘야 돼 생각하면

불신이 생겨나고
바라는 게 많아져
다툼이 일어납니다

줄 수 있는 것도 행복이다 생각하면
관계가 오히려 따뜻해집니다

용서하기

살다보면 누군가에게
상처를 받기도 하고

누군가에게 알게 모르게
상처를 주기도 합니다

내가 받은 상처는 크게 느껴지고
내가 준 상처는 작게 느껴집니다

너무 아파하고 슬퍼하고 미워하며 살게 되면
마음이 늘 그늘지게 됩니다

내가 남에게 상처를 줬을 때 이유가 있었듯
그 또한 그 만의 이유가 있었겠지라고 생각하세요

나를 위해서 내려놓고 용서하세요

사람 관계가 다 그런거다 인정하면
마음이 한결 가벼워집니다

당신의 말

당신 입으로 나간
나쁜 말과
좋은 말은
운명의 귀가 듣게 됩니다

당신 영혼에 품고 있는
나쁜 생각과
좋은 생각은
우주를 움직이는 힘이 됩니다

당신 마음에 담고 있는
부정적인 마음과
긍정적인 마음은

인생의 길을 열어가는
나침반이 됩니다

좋은 친구란 /

친구의 단점을 보면
이해해 줄 수 있어야 하고

친구의 허물을 보면
덮어줄 수 있어야 한다

친구의 아픔을 보면
따뜻하게 안아줄 수 있어야 하고

친구의 잘못을 보면
조심스럽게 고쳐줄 수 있어야 한다

친구의 모든 것을
알고 있으면서도
여전히 사랑해 줄 수 있어야 한다

관용

고운 꽃도
가까이에서 보면
먼지가 보인다

완벽해 보이는 사람도
털어 보면
티끌 없는 사람은 없다

이 세상에
흠없는 사람은 한명도 없다

남의 흠은 보아도 못 본척 넘어가고
자신의 흠은
현미경으로 들여다 보아야 한다

자신은
흠 없고 완벽한 사람이라 착각하고

남을 헐뜯는 어리석은 사람은
되지 말아야 한다

시련의 공부

인생의 시련을 이겨 낸 사람들은
냉정함에서 따스함을 찾아내는
눈을 갖게 된다

성난 마음을 다스리고 온유함과
악수하는 방법을 터득하고

모서리를 부드럽게 깎아 내
동그랗게 만들고

찡그린 얼굴은 부드러운
미소로 변모한다

항상 다정함을 잃지 않고
상냥한 사람이 되어 간다

폭풍의 시간을 건너온 사람은
맑아진 하늘만큼 한 뼘 더 자라나
세상과 타협하는 지혜를 배우게 된다

소중한 당신

당신은
별보다 빛나고

꽃보다
향기롭습니다

황금보다
귀하고

보석보다
소중한 사람입니다

당신은
이 세상에 단 하나뿐
유일한 사람이기 때문입니다

소중한 당신 늘 행복하세요

'마음'은
발이 없어

말로
표현해 주지 않으면

그 사람 마음에
도착할 수 없습니다

사랑하면
사랑한다

고마우면
고맙다

미안하면
미안하다 말해 주세요

마음이
그 사람에게
잘 전달 될 수 있도록…

모두가 자신을 좋아해 주길
바라는 건 큰 욕심입니다

같은 음식도
어떤 사람 입맛엔 잘 맞고
어떤 사람 입맛엔 잘 맞지 않을 수 있습니다

같은 음악도
어떤 사람 귀엔 흥겹게 들리고
어떤 사람 귀엔 소음이 될 수 있습니다

사람들은 자신의 생각과
자신의 주관대로 판단하고 살아갑니다

모든 사람을 사랑해 줄 수는 있지만
모든 사람에게 사랑 받을 수는 없습니다

누군가 나를 좋아해 주지 않는다고 해서
너무 상처받지 말아요

부정적인 생각을 다 비워 봐
그럼 긍정이 찾아 오지

불안한 생각을 다 내려나 봐
그럼 평온이 밀려 오지

불평하는 생각을 다 털어내 봐
그럼 감사만 남게 되지

미운 생각을 다 버려 봐
그럼 예쁜 것들이 들어 오지

욕심의 생각을 다 지워 봐
그럼 만족이 많아지지

모든 일에 감사해 봐
그럼 행복이 곁에 다가 오지

내가 먼저 해 보세요

먼저 웃어주고
먼저 손 내밀어 주세요

먼저 인사하고
먼저 도와주세요

먼저 이해하고
먼저 배려해 보세요

먼저 감사하고
먼저 행복해보세요

주위가 기쁨으로 넘쳐 나고
행복으로 가득 차게 될 거예요

당신을 위해 모두에게
선한 영향력을 끼쳐라

되도록이면
좋은 일을 하며 살라

할 수만 있다면
도움을 주는 사람이 되라

웬만하면
고마운 사람이 되어 줘라

어렵더라도
진실한 사람으로 살아가라

그 누구도 아닌
당신을 위하는 길이다

/ 두 갈래 /

구름이
하늘을 가리고 있다고
푸른색 하늘이 없는 건 아니에요

단지 보이지 않는 것뿐이지요

우리는 없는 것을 찾느라
있는 것이 보이지 않을 때가 많아요

불행만 보느라
행복을 보지 못 하고

나쁜 것만 보느라
좋은 것을 보지 못 하지요

있고 없음은 하나의 선 위에
함께 존재합니다

선택하는 사람에 따라
두 갈래로 나눠지게 되는 것입니다

지침서

책임질 수 없는 말이라면
하지를 말고

해버린 말이라면
그 말에 책임을 져라

지킬 수 없는 약속이라면
하지도 말고

한 약속이라면
무슨 수를 써서라도 지켜라

갚을 수 없는 돈이라면
빌리지도 말고

빌린 돈이 있다면
잊지 말고 꼭 갚아줘라

생각 없이 인연을 함부로 맺지 말고
한번 맺은 인연이라면
끝까지 최선을 다하라

/ 감사하는 삶 1 /

세상을 바꾼 사람들은
불평을 비전으로
승화시킨 사람들입니다

어떤 일에서든
기쁨과 감사를
잃지 않은 마음의 자세가
삶을 풍요롭게 해 줍니다

힘들더라도
'괜찮다'
어렵더라도
'잘할 수 있다'
실패하더라도
'용기를 내자'

비전의 언어로
마음을 가득 채우면
좋은 결과가 되어
돌아오게 됩니다

불평 대신 감사하는
삶이 축복의 통로로
들어가는 문이 됩니다

/ 감사하는 삶 2 /

사소한 것에
감사해하고 고마워하면
욕심이 작아집니다

사소한 것들을 하나씩
감사하다 보면
세상엔 감사 할 것들이
참 많게 됩니다

작은 것 하나가 두 개가 되고
두 개가 세 개 가 되고
여러 개가 모여
인생 전부가 됩니다

감사를 느끼며 살아가는 순간
새로운 삶이 시작됩니다

행복은 사소한 일상에서
사소한 감사로 찾아옵니다

언젠가 뒤돌아보면,
인생이 얼마나 바뀌었는지
발견할 수 있을 것입니다

Chapter 6

마음에도
정리가
필요합니다

버릴 건

과감하게
버릴 줄도 알아야
마음이 평안해집니다

복잡한 생각
힘들게 하는 사람

지나친 욕심
과도한 기대
필요 없는 걱정
답도 없는 고민들…

그게 다 내 몸을 병들게 하는
독약이 됩니다

마음에도
정리가 필요합니다

흘러가는 것들은 향기가 있다

힘든 일들은 힘든 대로
즐거운 일들은 즐거운 대로

아픈 일들은 또 아픈 대로
기쁜 일들은 또 기쁜 대로 흘러간다

슬픈 일들은 슬퍼서 눈물 흘렸고
행복 했던 일들은 행복해서 고마웠고

지나가고 나면
향기 아닌 것이 하나도 없더라

꽃이 아닌 것이 하나도 없더라

시작하기

평생 하지 않으면
후회가 될 것 같은 일들

절대 놓치면
안 될 것 같은 일들

나중에 큰 앙금으로
남을 것 같은 일들

꼭 하고 싶은 일이 단 한 가지 있다면

주저하지 말고
더 늦기 전에 지금 시작해 보세요

그것들이 당신을
행복의 길로 이끌어 주고
즐거운 세상을 열게 해주는 열쇠입니다

장애물

살아가다 보면 예상치 못한
장애물을 만나게 됩니다

장애물을 만나면
두려움을 갖게 되는데

이때 뒤로 물러서면
앞으로 나아갈 수 없게 되지요

당당하게 한번 맞서보세요

장애물이
돌이라면 치우면 되고
벽이라면 부스면 되고
한계라면 넘으면 됩니다

장애물을 어렵게 생각하면
방법이 보이지 않을 거예요

조금 멀리서 바라보고
조금 가볍게 대처해 보세요

마음의 정원에

힘든 일도 잘 견뎌내는
인내의 꽃 한 송이 심어두자

어디서든 낮아지는
겸손의 꽃 한 송이 심어두자

항상 남을 도와주는
배려의 꽃 한 송이 심어두자

누구에게나 부드러운
온유의 꽃 한 송이 심어두자

언제나 나눠주는
베풂의 꽃 한 송이 심어두자

모든 사람을 품어주는
사랑의 꽃 한 송이 심어두자

마음이 꽃밭이 되었네

친절한 척하지 말고 진짜 친절하기
따뜻한 척하지 말고 진짜 따뜻하기

잘한 척하지 말고 진짜 잘하기
노력한 척하지 말고 진짜 노력하기

고마운 척하지 말고 진짜 고마워하기
친한 척하지 말고 진짜 친하기

웃는 척하지 말고 진짜 웃기
착한 척하지 말고 진짜 착하기

성실한 척하지 말고 진짜 성실하기
사랑한 척하지 말고 진짜 사랑하기

진실한 마음이 다른 사람의 마음을
움직이게 합니다

착한 사람이

양보는
바쁘지 않아서가 아니라
너그러운 사람이 하는 거야

배려는
할일이 없어서가 아니라
따뜻한 사람이 하는 거야

이해는
다 맞아서가 아니라
넓은 사람이 하는 거야

베풂은
많이 가져서가 아니라
착한 사람이 하는 거야

보면

상처를 이겨내다 보면
강해지게 되고

어려움을 견디다 보면
튼튼해지게 되고

슬픔을 참아내다 보면
아픔에 무뎌지게 되고

힘든 일을 버티다 보면
단단해지게 됩니다

강해서 강한 게 아니라
견디고 버티다 보면
강한 사람이 됩니다

웃어 봐

힘들어도 힘을 내 봐
좋은 날이 올 테니까

어려워도 견뎌내 봐
기쁜 날이 올 테니까

지쳐도 버텨내 봐
즐거운 날이 올 테니까

괴로워도 참아내 봐
행복한 날이 올 테니까

두려워도 용기 내 봐
다 잘할 수 있으니까

울고 싶어도 웃어 봐
다 잘 될 테니까

위로해주기

힘들어 하는 사람을 보면
위로해 주세요

울고 있는 사람을 보면
따뜻하게 손잡아 주세요

슬퍼하는 사람을 보면
진심을 담아 토닥여 주세요

아파하는 사람을 보면
포근하게 감싸 주세요

실의에 빠진 사람을 보면
힘내라고 용기를 주세요

우린 모두 따뜻한 위로가
필요한 사람들입니다

나도 누군가의 위로가
필요한 날이 있잖아요

오늘

두 번 오는
하루는 없다

반복되는
하루 같지만
같은 날은 단 한 번도 없다

오늘 하루를
아낌없이 사랑하고

후회 없이 살아가고
즐겁고 행복하게 써야 한다

털자

별일 아닌 것들은
툭툭 털자

마음대로 안 되는 일들은
훌훌 털자

욕심대로 안 되는 일들은
탈탈 털자

걱정해도 변할 게 없는 일들은
툴툴 털자

속상하고 괴롭게 하는 일들은
탁탁 털자

자신을 힘들게 하는 일들은
툭툭 털고 훌훌 털고 살자

그냥 웃고 살자
결국 한 세상일 뿐이다

사람의 마음을 여는 문은
따스함입니다

따스한 배려
따스한 눈빛
따스한 말
따스한 손길
따스한 미소
따스한 인사
따스한 격려
따스한 관심
따뜻한 마음
따스한 사랑이

상대방의 마음을
열 수 있는 열쇠입니다

아무리 차가운 마음의 문도
따스함엔 녹게 됩니다

노력의 대가

위대한 사람은 위대해서
위대해진 게 아니라

평범한 사람이 위대해지기 위해
노력한 결과다

위대한 사람도
평범한 사람과 똑같은 사람이지만

평범함을 뛰어 넘기 위해
평범한 알에서 깨어나고

어려운 성장 과정을 거쳐

날개를 달고 날 수 있는
한 마리의 백조가 된 것이다

천천히 가자

천천히 가도 괜찮아
느리게 가도 괜찮아
똑바로만 걸어가면 돼

빨리 간다고
바삐 간다고
서둘러 간다고
다 좋은 건 아니더라

뛰어가다
돌부리에 걸려 넘어지면
나만 아프잖아

천천히 가자
꽃도 보고 하늘도 보고
콧노래도 부르면서 여유롭게 걷자

봄은
새로운 꿈과
희망을 품으라 가르쳐 주고

여름은
뜨겁고
열정적인 삶을 살아가라 가르쳐 줍니다

가을은
채우고
비워내는 인생을 가르쳐 주고

겨울은
기다리고
견뎌내는 지혜를 가르쳐 줍니다

누군가
날 알아주지 않아도

옳은 일이라면
끝까지 해낼 수 있어야 합니다

누군가
날 칭찬해 주지 않아도

선한 일이라면
주저 없이 할 수 있어야 합니다

누군가
날 믿어주지 않아도

바른 길이라면
꿋꿋하게 걸어가야 됩니다

누군가를 위해서가 아니라
나 자신을 위해서 입니다

마음의 혜안

눈에 보이는 것이
전부가 아닐 때가 많습니다

보이지 않는 것들에
더 많은 것들이 숨어있기 때문에

보이는 것만 보고
무언가를 판단하면 실수할 일이 많습니다

귀에 들리는 것이
다가 아닐 때가 많습니다

들리지 않는 것들에
더 많은 진실이 감춰져 있기 때문에

들리는 것만 듣고
무언가를 결정하면 손해 볼 일이 많습니다
보이는 것과 들리는 것은 한계가 있습니다

좀 더 넓게 바라보고
좀 더 깊이 있게 듣는
마음의 혜안을 가지세요

우주 말

우주는 나에게
무언가를 말해주기 위해

어떤 경고를 주고
어떤 메시지를 보내줍니다

인생은 나에게
무언가를 알려주기 위해

어떤 느낌을 주고
어떤 신호를 보내 줍니다

하지만 안타깝게도
그 가득 담긴 의미를 알아듣지 못하고

그 일들과 맞닥뜨리고 나서야
우주가 준 깊은 의미를 깨닫게 됩니다

하루씩

힘들고 어려운 일도
가슴 아프고 슬픈 일도
하루씩 견디다 보면 괜찮아질 거야

화나고 억울한 일도
속상하고 괴로운 일도
하룻밤씩 자고나면 지나가게 될 거야

막막한 삶도
울고 싶은 현실도

기억하고 싶지 않은 나쁜 일들도
언젠간 끝은 있는 거니까

하루씩 잘 참아내고
하룻밤씩 잘 자고 나면
모두 없던 일이 되어줄 거야

지금 힘들더라도 용기 잃지 말고
꿋꿋하게 이겨내 보는 거야

모두 다 괜찮아질 테니까
그러니까 힘내!

습관

성공하는 사람은

노력하는 습관
부지런한 습관
낙천적인 습관
긍정적인 습관을 가지고 있습니다

실패하는 사람은
나태한 습관
게으른 습관
부정적인 습관
불평하는 습관을 가지고 있습니다

자신의 습관이
성공과 실패를 만듭니다

/ 성공한 사람들은 /

힘든 역경을 이겨내고
수많은 고난을 견뎌내고
쉼 없이 도전한 사람들이다

남들이 봤을 땐
운이 좋은 사람이다

특별한 사람이라서 그렇다
똑똑한 사람이다 말을 하지만

그들은
보통사람 보다

좀 더 노력하고
좀 더 인내하고
좀 더 도전한 사람이다

성공은 자신이 길을 내야
찾아온다

나무

바람 불지 않는 인생이 어디 있어요

나무도 바람 맞고
비에 젖어가며 커가잖아요

바람이 불어야
나무는 쓰러지지 않는 법을 배우게 되고

뿌리를 더 튼튼하게 뻗어
자신을 지켜 내는 삶을 터득하게 됩니다

인생에 바람이 분다는 것은
조금 더 단단해지고
조금 더 튼튼해지고 있다는 것입니다

잘 참고 이겨내면 더 견고해지고
풍성해진 삶의 지혜를
터득할 수 있게 됩니다

자유

나 스스로에게 자유로워져야 합니다

세속에 이끌려 이리저리 끌려 다니면
나라는 존재를 잊어버리게 됩니다

내가 자유로워져야만
삶이 주는 풍요와 기쁨을
진정으로 누릴 수 있게 됩니다

삶에 흔들리지 않고
고통에 휘말리지 않고
나 스스로가 충분히 자유로워졌을 때

무한한 창조의 세계와
빛나는 멋진 삶을 맛볼 수 있게 됩니다

말합니다

바람이 말합니다
바람 같은 존재이니 가볍게 살라고

구름이 말합니다
구름 같은 인생이니 비우고 살라고

물이 말합니다
물 같은 삶이니 물 흐르듯 살라고

꽃이 말합니다
한번 피었다 지는 거니 웃으며 살라고

나무가 말합니다
빈손으로 왔으니 욕심 부리지 말라고

땅이 말합니다
한줌의 흙으로 돌아가니 내려놓고 살라고

것은

준 것은
잊어버리고

서운한 것은
털어 버리고

받은 것은
기억 하세요

고마운 것은
간직하세요

잃은 것은
놓아버리고

떠나간 것은
보내 버리고

가진 것은
감사하세요

머문 것은
사랑해 주세요

손해 본 것은
지워버리고

이득 본 것은
담아가세요

시간

겨울을 견뎌 내야 꽃이 피고
고난을 참아 내야 성공합니다

마음은 빨리 나가
새싹을 틔우고 싶고
꽃을 맺고 싶지만 기다려야 하지요

따사로운 봄 햇살이 불러 줄 때까지
신선한 봄바람이 손잡아 줄 때까지
묵묵히 기다려야 하지요

시절이 익으면

견뎌내고
참아내고
인내하는 시간 뒤에 찾아오는
기쁨의 봄과 달콤한 행복을 만나게 되지요

/ 마음의 소리 1 /

사람에겐
느낌이란 게 있잖아

잘 될 것 같은
안 될 것 같은
그런 것 말야

사람에겐
예감이란 게 있잖아

좋을 것 같은
나쁠 것 같은
그런 것 말야

그게 바로
마음의 소리인거야

눈으로 볼 수 없는 것들이
마음으로 보이는 거야
그 길을 따라가면
되는 거야

/ 마음의 소리 2 /

걷다가 길을 잃을 때가 오거든
마음의 소리에
귀를 기울리길 바래

살다가 절망에 빠질 때가 오거든
영혼의 소리에
촉을 세우길 바래

어느 누구도
너에게 답을 알려주지 않을 거야

삶이라는 건
혼자서 깨우치며 살아가야 하고

인생이란
혼자서 터득하고
배워가야 하는 거야

삶이 흔들릴 땐
내면의 소리를
잘 들어 보아야 한다

타이밍

서둘러 했던 일이
실수를 만들 때가 있고

너무 빨리 단념한 일이
실패로 남을 때가 많아요

느리게 했던 일이
기회를 놓치게 만들고

너무 급하게 선택한 일이
후회로 남게 될 때가 많아요

삶에는 타이밍이라는 게 있는 것 같아요

너무 빠르면 일을 그르치고
너무 느리면 기회를 놓치는 것 같아요

적당한 시간을 활용하는 지혜가
좋은 삶을 만드는 것 같습니다

어떨까

상황이 바뀌어 주지 않으면
나를 바꿔보는 건 어떨까요

너무 집착하고 있는 건 아닌지
너무 욕심내고 있는 건 아닌지 생각해 봐요

너무 기대가 큰 건 아닌지
너무 바라는 게 많은 건 아닌지 되짚어 봐요

너무 내 입장만 생각 하는 건 아닌지
너무 남 탓만 하고 있는 건 아닌지 돌아 봐요

안 되는 걸 바꿔보려
너무 애쓰고 있지는 않은 지
천천히 생각해 보세요

작은 것

살다보면
작은 것들의 소중함을
잊어버릴 때가 많습니다

이것쯤이야 했던 것들이
지나고 나서 보면
아차할 때가 많습니다

모든 큰일의 시작은
작고 미세한 것들에서부터 입니다

큰 탑을 무너뜨리는 것은
세찬 바람이 아니라
작은 돌멩이 하나 때문이잖아요

작은 것들의 소중함을
놓치지 않도록 항상 조심하고

큰 낭패를 보지 않으려면
좀 더 꼼꼼히 살펴야겠어요

작은 것은 크다를 기억하세요

하루가 모여

콩나물시루에 물을 주면
물은 그냥 흘러 내립니다

그런데 어느 날 보면
콩나물이 무럭무럭 자라나 있습니다

물이 흘러내리는 줄만 알았는데
콩나물이 무성하게 자라나 있습니다

우리네 하루도
아무 발전도 없이
그냥 지나가는 것 같아도

하루씩 열심히 살아가다 보면
어느 날 훌쩍 자라난 삶과 만나게 됩니다

지금 당장 결과가 보이지 않는다고
좌절하고 투정 부릴 필요는 없습니다

하루가 모이고 모여서 꽃이 피고
열매 맺는 날이 오게 되니까요

토닥토닥

맨날 웃고 살길래
슬픔이 없는 줄 알았습니다

항상 씩씩하길래
아픔이 없는 줄 알았습니다

언제나 강해 보이길래
눈물이 없는 줄 알았습니다

늘 밝아 보이길래
고통이 없는 줄 알았습니다

당신도 아무렇지 않은 척 살아가고 있었군요
토닥토닥 힘내세요

내려나 봐

힘들 땐
조금 비워내 봐
훨씬 가벼워 질 테니까

무거울 땐
조금 내려나 봐
마음이 편안해 질 테니까

지칠 땐
조금 털어내 봐
많이 홀가분해 질 테니까

버거울 땐
조금 덜어내 봐
근심이 사라질 테니까

괴로울 땐
조금 지워내 봐
금방 좋아 질 테니까

걱정 될 땐
조금 떨쳐내 봐
모든 게 잘될 테니까

고
요
히

어디로 가야할지
길이 보이지 않을 때

앞이 보이지 않아
캄캄해질 때
마음을 고요히 가지세요

생각이 복잡하고
마음이 불안해질 때

어떤 일이 어떻게 될지
알 수 없을 때 조용히 눈을 감으세요

미래가 보이지 않아
답답할 때

흙탕물이 가라앉길 기다리듯
진득하게 기다려 보세요

마음이 맑아지게 되면
길이 보일 테니까요

망원경

인생은
끊임없이 넘어지고 일어나는
법을 배우는 거야

실패를 두려워한다면
더 높은 곳에 오를 수 없게 되지

실패라는 성장통을 겪어야
더 멀리 날 수 있는
튼튼한 날개를 달 수 있게 되는 거야

더 멀리 바라보기 위해서는
경험이라는 망원경이 필요하지

웃고 살기

안 되는 일에
너무 걱정하지 말고

힘든 일에
너무 집착하지 말아요

괴로운 일에
너무 빠져들지 말고

사소한 일에
너무 신경 쓰지 말아요

작은 상처에
너무 아파하지 말고

어려운 일에
너무 얽매이지 말아요

인생 너무 복잡하게 살지 말아요
그런다고 인생 잘 사는 건 아니에요

한 번 더 웃고
한 번 더 행복하게 사세요

보세요

가득 담으려고만 하지 말고
내 마음의 크기를 보세요

많이 달라고만 하지 말고
내 그릇의 넓이를 보세요

높이 오르려고만 하지 말고
내 능력의 높이를 보세요

멀리 가려고만 하지 말고
내 신발의 상태를 보세요

빛이 안 보인다만 하지 말고
내 눈이 어둠을 보고 있는지를 보세요

편하게 살자

버릴 것은
과감하게 버릴 줄 알고

내려놓을 것은
냉정하게 놓을 줄 알고

털어버릴 것은
현명하게 털어버릴 줄 알고

비울 것은
시원하게 비울 줄 알고

보낼 것은
미련 없이 보낼 줄 알아야

새로운 것을 담을 수 있고
마음이 편안해집니다

시간

언제나 올까 했던
긴 시간도 결국은 오고야 맙니다

언제나 갈까 했던
지루한 시간도 결국엔 가고야 맙니다

시간은
뒤로는 갈수 없지만
앞으로는 잘 갑니다

기다려 주는 너그러움이나
머물러 주는 배려심은 없습니다

지금 힘들고 고통스러운 시간은
때가 되면 흘러가 먼지처럼 사라집니다

가는 시간을 붙잡을 수 없으니
너무 애쓰거나 아파하지 말고 살아가세요
주어진 시간을 감사하며 즐겁게 살아가세요

그러면 올 것은 오고
갈 것은 가주게 됩니다

성공한 사람

성공한 사람들은
사실 별것 없어요

될 때까지 하는 끈기와
어려움을 잘 참아내는 것뿐이에요

남들보다
조금 인내하고
조금 노력한 것뿐이에요

실패할 때마다 다시 도전하고
힘들 때마다 다시 용기 낸 것뿐이에요

가끔
어렵고 힘들 때도 있지만
잘 견뎌내고 버텨낸 것뿐이에요

그러다 보면
기회가 오고 행운이 찾아 온 것뿐이에요

당신도 할 수 있어요
힘들어도 잘 참아내 보세요
성공하는 날이 오게 될 테니까요

의자

많이 힘들면
조금만 앉았다 가세요

많이 지치면
잠시만 쉬었다 가세요

빨리 간다고 잘 가는 것도 아니고
느리게 간다고 잘못 가는 것도 아닙니다

지쳐 쓰러지는 것보다
힘들어 무너지는 것보다
쉬었다 가는 게 더 지혜롭습니다

힘들면 잠시만 앉았다 가세요
지치면 조금만 쉬었다 가세요

그래야 더 멀리 갈 수 있습니다

동그라미

내가
세모라서

누군가를
아프게 하는 건 아닌지

내가
네모라서

여기저기
부딪히는 것은 아닌지

한번씩
자신의 모양을 살펴보아야 해요

뾰족한 부분을 발견했다면
부드러운 동그라미가 되도록
각진 부분을 잘 다듬어야 하지요

그건 남을 위해서가 아니라
자기 자신을 위한 거랍니다

열매

바람이
휩쓸고 간 자리나

비가
아프게 한 자리나

폭풍이
할퀴고 간 자리에서는

아픔의 씨앗들이
향기로운
꽃으로 피어납니다

잘
견뎌낸
대가로

꽃진 자리마다
탐스러운
열매가 달려줍니다

오늘은 건강해도
내일은 아플지도 모르는 게 인생입니다

건강할 때
마음껏 놀고 즐겁게 살아가세요

오늘은 웃지만
내일은 울게 될지도 모르는 게 삶입니다

웃을 수 있을 때
마음껏 웃고 행복을 누리며 사세요

오늘은 힘들지만
내일은 기쁜 일이 생기게 되는 게 인생입니다

용기 잃지 말고 살아가세요
오늘은 한숨 짓지만
내일은 활짝 웃을 수 있는 게 삶입니다

모든 것은 지나가니
걱정하지 말고 살아가세요

하루라는 선물

하루라는 선물을
아침에 열어보면
무엇이 들어있는지 알 수 없지요

궁금하지만
꾹 참고 하루를 살아가야 하지요

어떤 일들이
오늘 나에게 펼쳐질지 모르지만

기분 좋은 생각으로 열어가고
즐거운 마음으로 채워가도록 해요

비록 원치 않는 일로 속이 상할 수도
뜻밖의 일로 난감해 질지도 모르지만
너무 어려워 하거나 힘들어 하지 않기로 해요

지나고 나면 별일 아닌 게 되고
모든 것은 추억이 되고 꽃이 되니까요

어떤 하루를 살아가든
그 안에서 행복을 찾아낸다면
일생이 행복한 나날들이 될 거예요

/ 말의 힘 1 /

"힘들다" "힘들다" 말하면
더 힘들어집니다

"안된다" "안된다" 말하면
될 일도 안 됩니다

"어렵다" "어렵다" 말하면
더 어려워집니다

"죽겠다" "죽겠다" 말하면
고통스런 일만 생겨납니다

"잘된다" "잘된다" 말하면
안 될 일도 잘 되어줍니다

"행복하다" "행복하다" 말하면
행복한 일이 찾아옵니다

혼잣말을 하지만
운명의 귀는
내 생각을 감지하고
내 말을 듣고 있습니다

당신은 지금 무슨 말을
입에 달고 사시나요

/ 말의 힘 2 /

따뜻한 말 한마디가 닫힌 마음을 열게 하고
차가운 말 한마디가 열린 마음을 닫히게 합니다

힘들어 하는 사람에게 용기가 되는 말 한마디는
시들어 가는 화초에 희망의 물을 주는 것과 같고

실의에 빠진 사람에게 질타의 말 한마디는
그나마 버티고 있는 힘마저 빼앗아 가는 독약이 됩니다

아파하는 사람에게 위로가 되는 따뜻한 말 한마디는
아픔을 잊게 하는 포근한 햇살과 같지만

절망에 빠진 사람에게 고통을 주는 말 한마디는
삶의 의미를 잃어버리게 하는 깊은 상처가 되고 맙니다

누군가의 말 한마디가 죽어가는 사람을
살려내는 용기가 되기도 하고

누군가의 말 한마디가 살고자하는 사람을
죽음으로 몰고 가는 흉기가 되기도 합니다

말에도 온도가 있습니다

따뜻한 말로 누군가를 감싸주고 데워주는 것은
입으로 복을 짓는 일이 되고

차갑고 날카로운 말로 누군가에게 상처를 주고
아픔을 주는 일은 입으로 짓는 죄가 됩니다

지나간다 다 지나간다

초판 1쇄 발행 | 2020년 7월 4일
초판 3쇄 발행 | 2022년 12월 3일

지은이　　유지나
펴낸이　　안호헌
아트디렉터　박신규

펴낸곳　　도서출판 흔들의자
　　　　　　출판등록　2011. 10. 14(제311-2011-52호)
　　　　　　주소　　　서울 강서구 가로공원로84길 77
　　　　　　전화　　　(02)387-2175
　　　　　　팩스　　　(02)387-2176
　　　　　　이메일　　rcpbooks@daum.net(원고 투고)
　　　　　　블로그　　http://blog.naver.com/rcpbooks

ISBN 979-11-86787-25-0 03800
ⓒ유지나